COLLECTION
L'IMAGINAIRE

Romain Gary
(Fosco Sinibaldi)

L'homme à la colombe

Version définitive

Gallimard

Romain Gary, pseudonyme de Romain Kacew, né à Moscou en 1914, est élevé par sa mère qui place en lui de grandes espérances, comme il le racontera dans *La promesse de l'aube*. Pauvre, « cosaque un peu tartare mâtiné de juif », il arrive en France à l'âge de quatorze ans et s'installe avec sa mère à Nice. Après des études de droit, il s'engage dans l'aviation et rejoint le général de Gaulle en 1940. Son premier roman, *Éducation européenne*, paraît avec succès en 1945 et révèle un grand conteur au style rude et poétique. La même année, il entre au Quai d'Orsay. Grâce à son métier de diplomate, il séjourne à Sofia, La Paz, New York, Los Angeles. En 1948, il publie *Le grand vestiaire* et reçoit le prix Goncourt en 1956 pour *Les Racines du ciel*. Consul à Los Angeles, il épouse l'actrice Jean Seberg, écrit des scénarios et réalise deux films. Il quitte la diplomatie en 1961 et écrit *Les oiseaux vont mourir au Pérou* (*Gloire à nos illustres pionniers*) et un roman humoristique, *Lady L.*, avant de se lancer dans de vastes sagas : *La comédie américaine* et *Frère Océan*. Sa femme se donne la mort en 1970 et les romans de Gary laissent percer son angoisse du déclin et de la vieillesse : *Au-delà de cette limite votre ticket n'est plus valable, Clair de femme, Les cerfs-volants*. Romain Gary se suicide à Paris en 1980, laissant un document posthume où il révèle qu'il se dissimulait sous le nom d'Émile Ajar, auteur de romans à succès : *Gros-Câlin, L'angoisse du roi Salomon* et *La vie devant soi*, qui a reçu le prix Goncourt en 1975.

NOTE DE L'ÉDITEUR

En 1958 Romain Gary faisant alors partie de la délégation française aux Nations Unies décidait — par obligation de réserve — de publier *L'homme à la colombe* sous le pseudonyme de Fosco Sinibaldi.

N'était-il guidé à l'époque que par ce seul motif ou était-ce déjà une première tentative pour créer une œuvre parallèle à la sienne dont tous ignoreraient qu'il en fût l'auteur ? Si nul n'est en droit de l'affirmer, l'invention ultérieure de Shatan Bogat puis d'Emile Ajar donne quelque consistance à cette hypothèse.

De son vivant, Romain Gary n'a pas cru devoir reconnaître la paternité de *L'homme à la colombe.* Un exemplaire partiellement récrit et abondamment corrigé de sa main, retrouvé dans ses papiers, nous autorise toutefois à penser qu'il souhaitait voir ce roman réédité un jour ou l'autre dans sa version définitive.

C'est cette version que nous publions aujourd'hui.

1984

I

Par une belle journée de septembre 195., vers les onze heures du matin, la grande cage de verre du gratte-ciel de l'Organisation des Nations Unies étincelait dans le soleil d'automne, s'acquittant de sa mission pacifique, celle d'un grand centre d'attraction touristique américain.

Des milliers de visiteurs, qu'un flot ininterrompu d'autocars déversait devant l'entrée Nord, s'engouffraient à l'intérieur sous la direction des guides, s'arrêtaient un moment devant la Salle de Méditation, observaient les quatre-vingt-deux chaises vides qui indiquaient que les quatre-vingt-deux délégués des pays membres avaient d'autres préoccupations, puis partaient résolument à l'assaut du bâtiment principal, d'où ils revenaient éblouis par les réalisations du génie humain dans le domaine de l'art abstrait.

Des groupes stationnaient devant les quatre-vingt-deux drapeaux des Nations Unies et essayaient de s'orienter dans la forêt de couleurs :

— Qu'est-ce que c'est, celui-là, rouge, jaune et violet, avec une épée ensanglantée au milieu ?

— Il n'est pas dans le guide. Mais j'ai l'édition du mois dernier. Ils ont dû créer un nouvel État indépendant depuis.

À l'intérieur, les choses, du moins en apparence, semblaient suivre également leur petit traintrain quotidien.

Le seul incident de la matinée avait été causé par le représentant d'un pays techniquement sous-développé qui, vêtu de sa robe princière de pourpre et d'or, s'était installé avec sa suite sur l'escalier roulant de l'Entrée des Délégués, qu'il montait et descendait depuis deux heures, le visage impassible, mais visiblement conquis par les bienfaits de la civilisation occidentale.

Dans la grande salle de l'Assemblée, ornée de deux peintures murales, l'une qui représentait des œufs brouillés et l'autre Jeannot lapin — symbolisant, respectivement, la faim apaisée et la prodigieuse crédulité des peuples

— les journalistes et le public écoutaient depuis deux heures le discours d'un délégué.

Au-dessus de la tribune, d'immenses boucliers de cuivre, tournés vers la salle, donnaient à l'Assemblée une ambiance inquiétante non dépourvue d'une certaine grandeur guerrière.

Les couleurs verte et bleue des fauteuils et des pupitres contribuaient à créer une atmosphère de contradiction, de tension et de désaccord, provoquant dès l'entrée chez les natures les plus paisibles un léger grincement de dents.

Dans les cabines de télévision, les caméras télescopiques faisaient errer avidement leurs objectifs sur les papiers et les visages des délégués, dans leur vaine et inlassable recherche de quelque chose d'intéressant.

Au salon des délégués régnait l'animation habituelle des pays arabes. Parfois d'un coin éloigné s'élevait le cri nostalgique du muezzin.

Un couple de diplomates de la vieille école, graves et grisonnants, debout, leur tasse de café à la main, s'entretenaient d'une voix confidentielle, comparant les charmes respectifs des postes de Bucarest et de Budapest en

1927, et disaient rapidement « pardon » lorsqu'on les bousculait.

Par l'immense baie vitrée on apercevait la merveilleuse vue ensoleillée sur East River, avec l'infinie variété de bateaux qui rejoignaient la haute mer, parmi lesquels les petits remorqueurs trapus et affairés du port de New York offraient aux regards des délégués une consolante vision d'efficacité.

Parfois, quelque jeune et charmante Sud-Américaine passait dans un sillage de parfum et les diplomates perdaient un instant le fil de leurs pensées et se disaient : « Tiens ! Une Française. »

Le photographe officiel des Nations Unies errait inlassablement, le nez en avant, la caméra à la main, pareil à un héron parcourant un marécage à la recherche d'un gros poisson.

À l'autre bout des longs couloirs qui unissaient le bâtiment de l'Assemblée à l'immense tour rectangulaire du Secrétariat, trois mille cinq cents fonctionnaires de toutes les races, couleurs et croyances, continuaient à résoudre tranquillement, jour et nuit, pour leur propre compte, tous les problèmes d'amitié entre les peuples, de coexistence pacifique et de coopération internationale dont leurs chefs débattaient en vain depuis plus de dix ans, dans les salles de conférences et les réunions de l'Assemblée.

Dans les cinquante centrales des agences de presse, dans les bureaux des correspondants accrédités auprès des Nations Unies, les journalistes se penchaient sur les téléscripteurs et les machines à écrire, ou écoutaient d'une oreille distraite les discours que les haut-parleurs leur transmettaient des salles de réunion.

C'était en somme une journée comme une autre dans la vie de l'Organisation. Les rouages bien huilés continuaient à tourner avec leur ronron habituel.

Mais un œil expérimenté remarquait immédiatement certains signes assez déroutants dans l'activité paisible de la ruche.

D'abord, un nombre de gardes inusité veillait dans les couloirs. Vêtus de leurs uniformes bleu-gris, ils stationnaient devant tous les lieux interdits au public, observaient d'un air soucieux les allées et venues des employés et paraissaient guetter quelque chose ou quelqu'un.

D'autre part, une équipe d'ouvriers conduite par le chef de la section du Matériel parcourait inlassablement le bâtiment en tous sens, se livrant à une activité bizarre, dont personne ne parvenait à comprendre le but.

Armés de marteaux, ils avançaient pas à pas, frappant des petits coups secs contre les murs, écoutant avec attention, l'oreille contre la paroi, comme un médecin qui procède à une ausculation.

Ils exploraient ainsi chaque mètre carré des murs, sans oublier le moindre recoin.

Cette activité insolite finit par créer un certain malaise chez les employés de l'Organisation, et, à un moment, la nouvelle se répandit qu'un illuminé avait caché une machine infernale dans le bâtiment et averti par téléphone le secrétaire général Traquenard qu'il allait tout faire sauter.

Mais le fait le plus déroutant et qui fut l'objet de toutes les conversations pendant la demi-heure réglementaire du déjeuner, intervint à midi et demi, lorsque chaque occupant des deux mille cinq cents bureaux du gratte-ciel dut, sur instruction du secrétaire général lui-même, ouvrir la fenêtre, se pencher dehors et agiter pendant trois minutes précises un petit drapeau bleu des Nations Unies qui lui avait été remis spécialement dans ce dessein.

Même dans une Organisation où, depuis longtemps, personne ne cherchait plus à comprendre le sens de toutes les activités qui s'y déroulaient, cet étrange exercice avait provoqué des commentaires sans fin.

On crut en général à une manifestation d'enthousiasme désespéré, destinée à manifester au monde extérieur la confiance des membres de l'O.N.U. dans le destin de celle-ci.

En tout cas, à toutes les demandes d'explication, les chefs de service furent invités à répondre qu'il s'agissait d'une simple vérification technique — mais ils furent eux-mêmes incapables de préciser ce qu'on cherchait ainsi à vérifier.

II

À deux heures trente une réunion fut tenue entre les hauts fonctionnaires des Nations Unies dans le bureau particulier du secrétaire général, au trente-deuxième étage.

Le secrétaire général Traquenard, un homme d'une grande envergure physique, dont le visage poupon et triste exprimait toujours une sorte de détresse irrémédiable, attendit que tout le monde fût assis, puis promena sur ses collaborateurs un regard angoissé.

Il n'en avait convoqué que deux, ceux en qui il avait une confiance absolue : l'habile Praiseworthy, dont la prudence était légendaire, et dont on disait qu'il ne mettait jamais un pied en avant sans avoir envoyé quelqu'un tâter d'abord le terrain, et le lettré Bagtir, grand amateur de poésie et connaisseur de la nature humaine, dont l'œil serein était toujours prêt à se poser avec indulgence sur ce bas monde, pour en contempler tranquillement le remue-ménage éphémère.

— Messieurs, dit enfin le secrétaire général, je vous ai réunis ici pour vous faire part d'un incident extraordinaire. Bien entendu pas un mot de ma confidence ne doit être divulgué. Notre bâtiment héberge depuis quelque temps un locataire clandestin.

— Un locataire clandestin ?

— Expliquez-vous !

— Que voulez-vous dire ?

— Oui, il est hors de doute qu'un homme, un aventurier, peut-être un terroriste, a élu domicile dans le gratte-ciel, qu'il circule la nuit dans les couloirs et fait peur aux dactylos attardées. L'une d'elles l'a rencontré à minuit vêtu seulement d'un pyjama. Il l'a regardée un instant avec hésitation, puis il a soulevé sa veste et il a exhibé une colombe qu'il a brandie dans un geste engageant.

— Une colombe ? dit Praiseworthy, un peu étonné. Vous êtes sûr que cette jeune personne sait de quoi elle parle ?

— Elle a les meilleures références morales, dit Traquenard. D'ailleurs, aucun doute n'est possible là-dessus. D'autres l'ont vu. Il s'agit d'un jeune homme qui porte parfois un costume de cow-boy et qui presse toujours une colombe contre son sein. C'est même cette colombe qui m'inquiète particulièrement. Nous avons peut-être affaire à un dangereux maniaque. En tout cas, j'ai le regret de vous annoncer que toutes les recherches faites pour retrouver cet homme sont demeurées sans résultat.

— C'est peut-être un fantôme, dit Praiseworthy. Au Foreign Office, nous avons le fantôme d'un ambassadeur espagnol du XVIIIe siècle qui vient présenter ses vœux à minuit, le jour de l'an, et nous avons toujours le fantôme du chef du protocole de la même époque qui est là pour le recevoir.

Le visage du secrétaire général enfla légèrement, ce qui était toujours chez lui un signe d'irritation.

— Ce n'est pas un fantôme, dit-il. Il y a quelques jours, les gardes ont failli le surprendre dans les toilettes et, bien qu'il ait fui, ils ont pu néanmoins constater avec certitude qu'il s'agit bien d'un être en chair et en os. J'ajouterai, Erik, que la version du fantôme est bien la dernière que je voudrais voir s'accréditer, si l'existence de ce personnage devient connue. Je vois très bien ce que ces messieurs les journalistes diraient si l'on commençait à parler du « fantôme des Nations Unies ». Ils évoqueraient immédiatement le fantôme du petit homme perdu, oublié, noyé, enterré dans cette immense organisation bureaucratique, cette machine à faire de l'abstraction... Ah, les salauds !

Il avait une véritable phobie des journalistes.

— Allons, Charlie, allons ! dit Bagtir.

— Ils ont installé un petit bar de presse clandestin au bout du troisième étage, et ils croient que je ne le sais pas, dit Traquenard, sombrement. Vingt mètres carrés d'espace qui m'appartiennent et qu'ils m'ont volés. Mais s'ils disent un mot de cette histoire de locataire clandestin, je prendrai des mesures ! Je prendrai des mesures terribles ! Moi aussi, je peux être vache ! Je vais passer deux heures par jour dans leur bar, pour qu'ils soient obligés de me regarder ! Je vais les rendre malades ! Vous savez qu'ils disent de moi que je m'accroche à mon poste ? Pourtant, je ne demande qu'à m'en aller, j'ai besoin d'aller vivre quelque part dans la nature, loin des Nations Unies... Mais je ne veux pas avoir l'air de me dérober. Et qu'est-ce qu'ils disent ? Que je m'accroche ! Ah, les salauds ! Mais ils ne m'auront pas. Je vais aller porter la lutte sur leur propre terrain. Je vais m'installer dans leur bar et je vais rester là toute la journée, rien que pour les faire vomir ! Ah mais !

— Allons, Charlie, allons ! dit le suave Bagtir. Vous avez tort de croire que les journalistes ne vous aiment pas. Votre dévouement, votre abnégation sont à présent universellement connus... nous avons même fait une brochure spéciale à ce sujet et nous l'avons diffusée dans le monde entier à des millions d'exemplaires.

Mais Traquenard n'avait jamais été sensible à l'ironie.

— En tout cas, ceux qui croient nous discréditer en payant un agent provocateur pour qu'il hante la nuit les couloirs de l'Organisation, une colombe à la main, se trompent grossièrement. La preuve est faite depuis longtemps que rien ne peut discréditer les Nations Unies. Ceux qui pensent m'émouvoir, me faire pleurer, en évoquant, au milieu de ce gratte-ciel, de ce gigantesque moulin à vent, je ne sais quel fantôme de l'humain, ceux qui pensent me faire pleurer d'espoir déçu, se trompent également... solide comme un roc ! Heu, heu, heu !

Il se mit à pleurer.

Ses deux collègues l'observaient avec une certaine envie.

Ils étaient tous les deux de vieux routiers de la politique et de l'administration, des professionnels des organismes internationaux, et cette prodigieuse capacité qu'avait leur gros secrétaire général de pleurer de vraies larmes les emplissait d'admiration.

Les larmes humaines apparaissaient fréquemment certes dans les travaux de l'Organisation, mais uniquement comme une figure de style, un point de référence ou un effet oratoire et, à part quelques experts et chargés de mission, aucun des hauts fonctionnaires et des délégués n'en avait vu personnellement.

Elles étaient entourées, aux échelons supérieurs des Nations Unies, de cette auréole un peu inquiétante de mystère et d'étrangeté que confère l'éloignement.

Aussi regardaient-ils leur chef avec respect.

— Allons, cher ami, dit enfin Bagtir, il s'agit sans doute de quelque doux illuminé.

Un rêveur, qui croit aux Nations Unies et qui en est venu à se blottir dans quelque recoin obscur du bâtiment, comme chez nous, en Orient, les fidèles vivent sur les marches des mosquées. Au lieu de vous efforcer de cacher son existence, je vous suggère au contraire de l'annoncer à la presse. C'est très poétique. Omar Kheyyam a dit qu'Allah n'écoute jamais les prières qui montent vers lui d'une mosquée nouvelle tant qu'une hirondelle n'a pas fait son nid sous son toit.

Le directeur des Affaires Politiques Praiseworthy parut inquiet.

— C'est bien joli, mais si l'opinion publique américaine apprend que nous dépensons vingt millions de dollars par an pour donner un abri à une hirondelle, ça risque de nous causer des ennuis. L'Amérique est, hélas ! un pays très prosaïque. Vous avez fait fouiller le bâtiment ?

— De fond en comble, dit Traquenard, avec abattement. Et c'est là, messieurs, que l'affaire devient extrêmement gênante, au point que je suis obligé d'insister encore une fois. Le secret le plus absolu doit être observé sur ce que je vais vous apprendre. Vous savez que lorsque les plans du gratte-ciel ont été élaborés, une commission internationale des Nations Unies a été chargée de superviser le travail des architectes. Naturellement, les membres de cette commission n'étaient d'accord a peu près sur rien. Chaque pays défendait sa conception en y mêlant, bien sûr, des arrière-pensées idéologiques. Les plans furent révisés pendant des mois, les différentes tendances se heurtèrent, des architectes partirent en claquant la porte, l'amour-propre national s'en mêla, la commission budgétaire eut son mot à dire — bref, lorsque les différents points de vue eurent été conciliés, les dernières modifications apportées, et que le bâtiment se dressa, au-dessus de l'East River, il advint enfin une chose extrêmement gênante... Nous avons perdu une pièce.

— Perdu une pièce ? Comment cela, perdu ?

— Expliquez-vous, voyons !

— Eh bien oui, perdu. Je veux dire que sur les deux mille cinq cents espaces de bureau, un espace de trois mètres sur trois s'est égaré et nous n'avons jamais pu le retrouver. Vous comprendrez que la première chose à faire, c'est d'éviter que cela se sache. Cela risquerait de produire un effet très nuisible dans le monde. Le prestige des Nations Unies en souffrirait. Une organisation comme la nôtre qui, il faut bien le dire, n'a encore résolu aucun des grands problèmes en vue desquels elle a été créée, n'a qu'une excuse, et c'est l'efficacité.

— Très juste.

— Cela ne fait pas l'ombre d'un doute.

— Je sais que nous sommes tous d'accord là-dessus. Il faut que notre système d'air conditionné soit parfait, que nos ascenseurs volent littéralement, que nos escaliers roulants ignorent la panne, que notre service téléphonique fasse l'admiration du monde, que notre classement soit impeccable, que notre correspondance soit citée en exemple de perfection administrative atteinte dans le style, le papier et la présentation. Je le répète, nous devons donner au monde un exemple d'efficacité.

— Entièrement d'accord.

— On ne saurait exprimer mieux ce que chacun de nous pense.

— Vous admettrez que, dans ces conditions, reconnaître que nous ne sommes même pas capables de nous retrouver dans notre propre maison serait aller directement à l'encontre des objectifs que je viens de définir. Vous savez combien le grand public est porté aux conclusions hâtives. Or, je suis convaincu que l'individu qui hante la nuit les couloirs de notre Organisation a trouvé cette pièce et qu'il y a élu domicile.

Bagtir tira pensivement sur sa pipe.

— Eh bien, il n'y a qu'à l'y laisser. Après tout, nous sommes une œuvre de longue haleine. Quel que soit son âge, c'est un problème qui se résoudra tout seul dans cinquante ans comme tant d'autres problèmes qui nous préoccupent ici. Votre bonhomme disparaîtra par la force des choses. Il est soumis aux lois de la nature. Pas nous.

— Très juste, dit Praiseworthy.

— Tiens, je n'y ai pas pensé, dit Traquenard.

— Mon cher ami, je vous ai souvent dit que vous autres Occidentaux, vous manquez de cette sérénité qui vient d'une longue contemplation de l'horizon. Nous avons à cet égard sur vous une supériorité évidente. Nos caravanes sont habituées depuis des siècles à traverser le désert et nous savons que l'Oasis est une longue patience, mais qu'on y parvient un jour ou l'autre, Inch' Allah. Ce que je veux dire c'est que, pour les Nations Unies, il n'est pas indispensable de résoudre les problèmes. Naturellement, il faut essayer. Mais il s'agit pour nous moins de résoudre les problèmes que de durer plus longtemps que ceux-ci. Notre but suprême, c'est la survie. Si, sans résoudre de problèmes, nous arrivons tout simplement à leur survivre, au bout de cinquante ans on commencera à dire que les Nations Unies ont accompli de grandes choses. Si nous demeurons là, solides au poste, malgré les guerres, les famines, les terreurs policières, et les injustices sociales, tout le monde sera convaincu de notre puissance. Si au contraire nous usons nos forces et notre prestige à nous mesurer avec ces problèmes, nous n'arriverons qu'à donner au monde un exemple d'impuissance et de stérilité. Les Nations Unies doivent être une très grande dame. Cela demande beaucoup de dignité, beaucoup d'éloignement et une certaine façon de traiter le monde de très haut. Nous sommes très exactement ce qu'on appelle une force spirituelle. Il serait absurde de la gaspiller à vouloir résoudre les problèmes pratiques et immédiats, des problèmes de rencontre que nous croisons sur notre chemin. En ce qui concerne notamment l'incident qui vous préoccupe tant, cette apparition dans nos couloirs de l'homme à la colombe, je vous conseille de le laisser tranquille. Il passera.

— Autrement dit, je ne fais rien ? demanda Traquenard, avec espoir.

— C'est la meilleure attitude que les Nations Unies puissent adopter dans les circonstances historiques difficiles que nous traversons. Durer, regarder tout cela tranquillement sans se laisser tenter par les sollicitations et les tentatives de diversion qui cherchent à nous détourner de notre but. Lorsque nous serons une institution millénaire, nous pourrons jeter un regard de fierté sur le chemin parcouru malgré toutes les guerres, les famines, les catastrophes, toutes ces embûches qu'une humanité folle essaie de jeter sur notre route... C'est ce qu'on appelle très exactement acquérir de la patine.

Il ralluma sa pipe.

— Après tout, si nos mosquées et nos cathédrales servaient uniquement à résoudre les problèmes de tous ceux qui viennent y prier, Dieu lui-même se hâterait de les répudier. Nous sommes avant tout un témoignage de foi. Nous ne sommes pas là pour procurer aux hommes de petits bénéfices. Les résultats pratiques, ça fait un peu petzouille. Ça fait *business.* Notre Organisation existe pour élever les âmes, pas pour faire de l'épicerie. Autrement dit, laissez votre bonhomme errer dans les couloirs avec sa colombe tant qu'il lui plaira.

— Et si les journalistes finissent par s'emparer de lui ?

— Laissez-les parler. Personne ne les croira de toute façon. Souriez d'un air amusé lorsqu'on vous posera des questions. S'ils insistent, dites avec indulgence que vous n'avez rien contre les légendes.

— Mais enfin, s'il commence à s'agiter ? Si on publie sa photo ?

— Réfugiez-vous dans la poésie. Souvenez-vous d'Omar Kheyyam. Dites que vous êtes touché par cette humble hirondelle qui est venue bâtir son nid sous votre toit. Dites que c'est un bon présage.

Le secrétaire général Traquenard ne paraissait pas rassuré.

— Quand même, ne serait-ce qu'au point de vue de la sécurité, cela me paraît extrêmement inquiétant. Nous avons parmi les délégués de puissants dictateurs qui ont exterminé des populations entières et nous devons assurer leur protection. Cet homme est peut-être un dangereux illuminé. Il croit peut-être vraiment aux Nations Unies ! Qui sait s'il n'ira pas jeter une bombe en plein Conseil de Sécurité ou dans l'Assemblée ?...

— Eh bien ?

— Comment, eh bien ? Vous voyez ça, un attentat aux Nations Unies ?

— Cela prouvera à ceux qui en doutent qu'on nous prend au sérieux.

Traquenard parut très frappé par cet argument.

— Alors, on fait comme d'habitude ?

— Cela me paraît évident.

— Pas de décision ?

— Pas de décision.

— Bon. Dans ce cas, passons à l'examen des autres problèmes.

III

Vers trois heures, le cireur de bottes des Nations Unies, qui pratiquait son art à l'entrée de la cafétéria, au troisième étage du secrétariat, ramassa ses brosses et ses boîtes de cirage et quitta son travail.

C'était un Indien Hopi maigre et osseux, au visage impassible et empreint de dignité. Sa haute silhouette et sa coiffure de plumes, penchées sur les pieds de quelque client de marque, étaient un des spectacles familiers de l'endroit.

Il se prétendait un authentique descendant de plusieurs générations de grands chefs Hopi et répondait fièrement au nom de Thinking Horse, bien qu'il y eût naturellement parmi les employés du secrétariat des mauvaises langues pour prétendre qu'il était en réalité originaire du Bronx et que ses ancêtres avaient beaucoup plus fréquenté les sentiers de l'Europe centrale que ceux de l'Arizona.

Il observait les hommes et les choses d'un œil imperturbable, une paire de brosses à la main et ne répugnait pas à faire appel assez fréquemment à ce qu'il appelait le « calumet de la paix », une bonne bouteille qui faisait le gros dos sous sa vareuse et qu'il portait à ses lèvres avec un plaisir évident.

Il se laissait alors aller à quelques confidences.

— Vous voulez savoir comment je suis devenu cireur de bottes ? disait-il au questionneur de sa voix caverneuse. C'est bien simple. J'ai décidé de me vouer à un métier qui rappellerait sans cesse que les hommes, avant d'avoir des belles idées, ont surtout des pieds. Beaucoup de gens, dans ce gratte-ciel, ont complètement perdu de vue cette vérité. S'ils ciraient comme moi cent paires de souliers par jour, peut-être finiraient-ils par se rappeler que les hommes vivent sur terre et non dans les nuages.

Le grand chef Hopi cirait les bottes aux Nations Unies depuis la naissance de l'Organisation.

Les délégués avaient pour lui une tendresse particulière.

Après une journée de discours creux, de grands mots et d'envolées idéalistes sans aucun résultat pratique, il était bon de pouvoir poser son regard sur ce vieux réaliste anguleux et froid qui crachait dans ses mains, saisissait ses brosses et faisait le boulot.

D'une manière générale, dans une organisation internationale entièrement vouée aux sentiments élevés, à l'idéalisme, aux théories et à l'abstraction, les pieds étaient entourés d'une réputation quasi légendaire.

On voyait souvent le représentant de l'Inde lui-même venir s'asseoir dans le fauteuil du vieux réaliste Hopi, comme un bel aigle qui se pose un instant sur la terre, après une journée passée à décrire de belles arabesques dans le ciel.

Le grand chef Thinking Horse était donc très populaire, malgré les familiarités qu'il se permettait parfois avec les grands de ce monde.

— Le secrétaire général vient de m'offrir sa place, vous disait-il par exemple, froidement, tandis que ses deux mains allaient et venaient sur vos pieds. Il a entendu dire que je savais offrir mes services en trente-cinq langues et il m'a fait venir dans son bureau. « Mon ami, me dit-il, vous êtes l'exemple parfait de ce que peut donner une grande vocation au service des Nations Unies. Un cireur de bottes qui sait offrir ses services dans toutes les langues du monde devrait être le secrétaire général de cette Organisation... » Et il s'est mis à pleurer.

Ce jour-là, le vieux réaliste quitta son travail comme d'habitude, descendit l'escalier roulant jusqu'au premier sous-sol, gagna le deuxième sous-sol et suivit le couloir transversal qui mène à la chambre des machines.

En ce lieu où d'immenses appareils s'acquittent de la tâche colossale qui consiste à ravitailler en air frais les salles de conférences, il échangea quelques mots avec son ami le préposé aux manomètres qui indiquent la vitesse du vent dans les couloirs de l'Organisation, vitesse toujours considérable pendant que siège l'Assemblée Générale.

Une liste d'orateurs à la main, l'ingénieur de service pouvait prévoir exactement la quantité d'air frais qu'il aurait à pomper au-dehors et à refouler dans le bâtiment après chaque réunion. En tournant une manette, il ferait de nouveau régner une atmosphère respirable.

Certains noms d'orateurs, sur la liste, étaient soulignés au crayon rouge : c'étaient ceux qui avaient le don mystérieux, et dont il n'existe pas d'explication scientifique, de rendre l'atmosphère particulièrement oppressante après leur intervention.

— Comment va, Bill ?

— Ça va. Ils parlent toujours, mais on tient le coup.

— Rien de nouveau ?

— On a nettoyé les pompes qui prennent l'eau dans East River. On a trouvé trente kilos de poisson.

— Eh bien, c'est une bonne journée. Il y a du rendement.

— Et Johnnie ? Il pense toujours ?

Le grand réaliste soupira et hocha la tête.

— Il pense, il pense. Il est assis là toute la sainte journée, les yeux exorbités, le menton dans la main, et il pense, il cherche, ça vous crève le cœur de voir ça...

— Enfin, il lui viendra peut-être une idée. On ne sait jamais.

— On ne sait jamais.

Le grand chef Hopi descendit au troisième

sous-sol et traversa l'imprimerie et les ateliers photographiques où tous les documents étaient enregistrés sur microfilms, ce qui permettait de réduire les discours des délégués à leurs justes proportions.

Il traversa la salle, s'engagea dans un couloir circulaire, poussa une porte et passa la tête à l'intérieur.

Un jeu rapide de *crap* battait son plein à l'intérieur sur un tapis vert étendu au milieu du souterrain.

Quatre hommes, vêtus avec élégance, cigare aux lèvres, bague au doigt, chapeau en arrière, guettaient les dés, desserrant parfois leurs cravates aux couleurs éclatantes, dont la mode était née à Chicago au moment de la prohibition : les garçons d'Al Capone les avaient adoptées pour forcer les policiers à cligner les yeux et les empêcher ainsi de bien viser.

Les joueurs s'appelaient Schwapsie-Maxie, Clappy Frucht et Rudi le Miteux, *racketeers* bien connus de Times Square et de Broadway ; ils avaient transféré leurs activités aux Nations Unies parce que la police américaine n'y avait pas accès et ils y jouissaient d'immunité diplomatique.

Leur chef incontesté était un petit homme gras et rond, dont le veston vert à larges rayures blanches parvenait à peine à contenir la large poitrine ; il avait les yeux rapides sous des sourcils fins et une petite moustache dont il remuait les poils rares et pointus ; il s'appelait Harry le Rat et c'était un grand expert dans toutes les activités idéalistes.

Il adressa au grand chef Hopi un clin d'œil amical, tout en continuant à agiter les dés dans son poing.

— Alors, ça va, grand chef ?

— Ça va. On est encore là.

— Et Johnnie ? Il pense toujours ?

— S'il pense ! dit le vieux cireur de bottes, en hochant la tête. Il ne fait que ça ! Il est assis dans son fauteuil, le coude sur le genou, le menton dans la main, et il pense et il pense, et il cherche et il cherche, on n'a jamais vu ça !

— Eh bien, j'espère qu'il va finir par trouver quelque chose, dit Harry le Rat, avec indulgence. J'espère qu'il va avoir une idée et qu'il va réussir un beau coup. La dernière bonne idée de *racket* qu'on a eue à New York, ç'a été d'abord le gars qui a vendu le pont de Brooklyn à un touriste, et depuis, il n'y a eu que les Nations Unies. Il est difficile de faire mieux, mais peut-être qu'en cherchant bien, il finira par trouver quelque chose. Dis-lui de ne pas se décourager.

— Je lui dirai.

Le grand chef Hopi ferma la porte, traversa un couloir, puis un autre, prit un monte-charge, descendit au quatrième sous-sol et déboucha dans un couloir qui aboutissait à un cul-de-sac.

Là il se trouva nez à nez avec un groupe de gardes qui fumaient et qui buvaient du café dans des tasses de carton.

— Alors, on continue à fouiller ? demanda-t-il, d'une voix compatissante.

Le chef des gardes avait l'air de mauvaise humeur.

— Vous n'allez pas me dire que vous y croyez aussi ? grommela-t-il. Cette histoire de pièce perdue, c'est bon pour le secrétaire général. Il n'y a pas plus de pièce perdue que de fantôme des Nations Unies, tout ça, c'est des inventions de dactylos hystériques. L'homme à la colombe, qu'elles appellent ça. C'est la première fois que j'entends quelqu'un appeler ça une colombe... Le résultat c'est qu'on est obligé de fouiller partout toute la journée, et la nuit, il faut encore surveiller les couloirs, pour rassurer ces dames... Cela dit, si on lui met la main dessus, vétéran de Corée ou pas, il la sentira passer...

Mais un des gardes adressa un clin d'œil complice au vieux cireur de bottes et celui-ci répondit par un petit signe à peine perceptible.

Puis il leur tourna le dos, s'engagea dans un couloir et s'arrêta devant un plan détaillé du bâtiment qui occupait tout un pan de mur.

Après avoir regardé à gauche et à droite et s'être assuré que le couloir était vide, il poussa le panneau, qui glissa, découvrant une porte qu'il ouvrit.

Il se trouva dans une petite pièce aux murs de briques rouges et presque vide, qui ne contenait qu'un sac de couchage de l'armée et un fauteuil à bascule dans lequel un jeune homme était assis.

Il tenait une colombe sur ses genoux et paraissait perdu dans une profonde méditation.

IV

Il portait un maillot de corps, un pantalon bleu et de courtes bottes de l'Ouest ; un lasso de cow-boy était accroché à son fauteuil et une guitare posée à ses pieds.

Il devait avoir un peu plus de vingt-cinq ans.

Le menton dans la main, il fixait un point dans l'espace avec une grande concentration et ne parut même pas entendre son ami entrer dans la pièce.

Blottie sur ses genoux, la colombe levait vers lui un regard amoureux.

Le grand chef Hopi posa ses brosses et ses boîtes de cirage dans un coin et se tourna vers le jeune penseur.

— Alors, patron, toujours rien ?

— Toujours rien.

— Ça ne vient pas ?

— Ça ne vient pas.

— Ça viendra, patron, ça viendra. Les grandes idées viennent toujours d'un seul coup, quand on les attend le moins. Il suffit d'être là quand elles se présentent. Seulement, il faut de l'inspiration : une belle escroquerie, ça demande l'étincelle sacrée.

Le jeune homme soupira.

Le vieux réaliste s'assit par terre, prit le calumet de la paix et but un coup.

De temps en temps, il jetait vers son ami un regard, puis, voyant que ça ne venait toujours pas, il hochait la tête et portait de nouveau le goulot à ses lèvres.

La colombe également levait parfois les yeux vers son maître et l'observait avec confiance et espoir.

Ils restèrent ainsi un moment silencieux, perdus dans leurs pensées.

Ils s'étaient rencontrés quelques mois auparavant dans les couloirs de l'Organisation. Johnnie revenait de Corée où il s'était vaillamment battu pour les Nations Unies ; il errait depuis plusieurs jours, dans un état de grande ferveur idéaliste, en ce haut lieu de la civilisation, le chapeau respectueusement pressé contre le cœur.

Il était le fils d'un gros éleveur du Texas et avait passé son enfance et son adolescence à cheval dans les prairies. Il vécut là les plus belles années de sa jeune histoire. Il poursuivait au galop le bétail et le prenait dans son lasso, terrassait les jeunes taureaux par les cornes, gagnait des prix dans les rodéos, n'avait jamais lu un livre et, en général, donnait les plus grands espoirs à son père.

Le malheur voulut cependant que celui-ci, ayant trouvé du pétrole sur ses terres, et ne sachant plus quoi faire de son argent, décidât, au cours d'une crise d'alcoolisme de donner une bonne éducation à son fils ; il l'envoya au collège, lui permit de s'inscrire à Princeton, et ensuite à Oxford et à la Sorbonne, et le laissa pendant plusieurs années fréquenter, loin de son Texas natal, les lieux où souffle l'esprit.

Johnnie se jeta sur les idées avec la même ardeur que jadis lorsqu'il sautait sur son cheval et saisissait les bêtes au lasso.

Son esprit vierge de pionnier s'enflamma rapidement à ce nouveau jeu ; les uns après les autres, les diplômes tombèrent à ses pieds ; il devint l'orgueil de ses maîtres, l'enfant chéri de son université ; dans tous les cercles d'études et les réunions contradictoires, il brilla incomparablement ; sa réputation d'intelligence fut telle qu'il faillit même être convoqué devant la commission sénatoriale d'activités antiaméricaines.

Il se passionna surtout pour les problèmes internationaux, se prononça avec éclat pour l'établissement d'un gouvernement mondial ; rêva la nuit d'Adlai Stevenson ; se brouilla avec son père, qu'il traita de fossile isolationniste et courut se battre en Corée pour les Nations Unies, où il montait à l'assaut avec un mouchoir de Mrs. Roosevelt épinglé à son épaule et en récitant pieusement les versets de la Charte.

Dès sa première rencontre avec le grand chef Hopi, il lui dit qu'il voulait consacrer le reste de sa vie à lutter pour l'idéal de l'O.N.U., mais que, pour l'instant, il lavait les assiettes dans un restaurant, car son père, un réactionnaire farouche et irrécupérable, lui avait coupé les vivres et ne voulait plus entendre parler de lui.

Le vieux réaliste l'écouta attentivement et avec indulgence.

Il se dit qu'il devait faire quelque chose pour cette brebis égarée.

Il y avait longtemps qu'il connaissait l'existence de la petite pièce perdue dans le sous-sol du gratte-ciel, et il proposa au jeune idéaliste de venir l'habiter.

— Après tout, vous vous êtes battu pour les Nations Unies et celles-ci peuvent bien à leur tour faire quelque chose pour leur G.I., ne serait-ce que de lui procurer un logement. Comme ça, au moins, ce bâtiment aura tout de même servi à quelque chose.

Mais le vieux réaliste avait une idée derrière la tête et, dans sa sagesse bien terrestre, il avait vu juste.

Johnnie assista avec enthousiasme à toutes les réunions, à toutes les discussions, à tous les débats de l'Organisation.

Il écouta tous les discours, crut à toutes les promesses, à toutes les nobles proclamations, à toutes les solennelles assurances ; tout son être frémissait de bonheur devant une telle élévation de pensée, devant une telle éloquence inspirée ; chaque matin, le bon cow-boy menait son âme boire aux sources enivrantes de ce festival idéaliste.

On pouvait le voir, à chaque débat important, assis dans la galerie du public, ivre de beauté, la bouche béante d'admiration, éperdu de gratitude, de confiance, et d'amour.

Le grand chef Hopi venait parfois s'asseoir à ses côtés et l'observait attentivement.

Au bout de quelques mois, les premiers résultats de cette méthode thérapeutique devinrent apparents.

Une sorte de grimace cynique s'installa en permanence sur le visage de Johnnie ; on put le voir, au milieu d'un discours ou d'une grande déclaration de principe de quelque délégué, se taper les cuisses en ricanant et, une fois, en pleine réunion de la Commission de Désarmement, il fut pris d'un tel fou rire que les gardes, qui le firent immédiatement sortir de la salle, furent gagnés par la contagion, et on les vit tous les trois se tordre et se tenir le ventre dans le couloir.

Puis à l'expression de cynisme et de mauvaise joie succéda celle d'une résolution presque farouche et la désillusion du bon cow-boy prit une forme inattendue.

Assis dans la petite pièce perdue, serrant une colombe contre son sein, Johnnie passa ses journées dans une méditation profonde.

Le sourcil froncé, il rêvait de commettre, lui aussi, quelque immense escroquerie morale, quelque abus de confiance prodigieux, pour se venger de ses illusions perdues et pour montrer qu'il était complètement guéri de ses égarements idéalistes.

— Je vais leur montrer, grommelait-il. J'en ai assez d'écouter ce qu'ils disent de nous en Europe, en Inde, un peu partout... Il paraît que nous autres, Américains, nous sommes trop matérialistes, trop intéressés, que nous manquons d'âme, d'intelligence, de spiritualité, que nous sommes trop égoïstes, trop gras, pas assez cultivés, pas assez inspirés... Et ils ont raison. Notre pays est en train de perdre sa place dans le monde parce qu'il ne s'est pas encore aperçu que les produits manufacturés ne sont pas ce qui rapporte le plus. Les meilleurs articles d'exportation et de consommation, les Nations Unies l'ont bien prouvé, ce sont les pieux mensonges, les grands mots creux, les belles idées sans contenu pratique, les missions spirituelles, les escroqueries morales — là, il n'y a pas de prix de revient, le marché est illimité, il n'y a pas de saturation, les peuples sont toujours preneurs — il n'y a qu'à dire liberté, égalité, fraternité —, ils se présentent tout de suite, le cœur à la main, il n'y a qu'à tout ramasser... D'ailleurs, tenez : c'est en nous parlant de leur mission spirituelle que nos alliés européens nous ont pris le plus d'argent !

— Un grand homme ! murmurait avec satisfaction le cher Hopi Thinking Horse. Un grand homme !

— Attendez, attendez, laissez-moi réfléchir... Je vais leur montrer que nous autres, Américains, nous sommes encore capables d'inventer une cochonnerie idéaliste, une escroquerie morale qui ferait pâlir d'envie les Nations Unies elles-mêmes !

Le grand chef Hopi se tenait fidèlement à côté du jeune intellectuel du Far West, attendant patiemment que celui-ci trouvât enfin l'idée géniale qui allait lui permettre non seulement de se venger des Nations Unies, mais encore de s'enrichir à leurs dépens.

— Trente-deux étages, quatre-vingt-deux pays membres, trois mille neuf cent quatre-vingt-quatre employés, un budget de soixante et un millions de dollars, grommelait Johnnie. Ça doit tout de même pouvoir servir à quelque chose !

— Toujours rien, patron ?

— Mais ne me dérangez donc pas tout le temps ! s'emportait le jeune penseur. Comment voulez-vous que je me concentre dans ces conditions !

Et il se penchait en avant, plaçait un coude sur son genou, le menton dans la main, caressait la colombe, et fixait un point dans l'espace, les sourcils froncés.

Ce fut dans cette attitude que Frankie le trouva lorsque, vers six heures de l'après-midi, elle passa son joli museau à l'intérieur.

Elle portait le calot et l'uniforme bleu azur des guides des Nations Unies et, avec ses cheveux roux, ses yeux bleus écarquillés parmi les taches de rousseur, ce fut comme si une bouffée d'air frais avait pénétré soudain dans la petite pièce.

— Juste ciel ! Ça sent le renfermé ici !

— Nous pensons beaucoup, dit le grand chef Hopi, en cachant rapidement le calumet de la paix sous sa vareuse.

— Tu devrais avoir honte, Johnnie ! Si tes ancêtres avaient passé leur temps à penser, il n'y aurait jamais eu de Texas !

— Merde pour le Texas ! grommela Johnnie, en français.

— Ne cherche pas à m'impressionner avec ton éducation, lui lança Frankie, en plissant avec colère son petit nez. À qui est cette brosse à dents ?

— Comment, à qui ? À nous, dit le grand chef Hopi, avec énormément de dignité. On s'en sert pour remuer le sucre.

— Et cette colombe qui a encore fait partout... Ne venez plus me parler d'un oiseau symbolique ! Je passe mon temps à nettoyer après elle.

Johnnie ne l'écoutait pas.

— Il faut que je leur prouve que nous ne sommes plus dupes, marmonna-t-il. Il faut que j'aide les peuples à se débarrasser dans un éclat de rire vengeur de l'immense espoir qu'ils ont placé dans les Nations Unies !

Frankie hocha tristement la tête.

— Mon pauvre Johnnie ! Quand nous étions au Texas, tu ne me parlais pas comme ça ! Tu me parlais des nouveaux puits de pétrole que tu allais découvrir et de toutes les usines que tu allais bâtir et de tout le bétail que tu allais élever ! Mais le plus souvent, tu ne disais rien et tu faisais quelque chose de bien plus intéressant. À présent, il n'y en a plus que pour les idées. Tu parles beaucoup et tu ne fais plus grand-chose. On dirait un délégué d'un pays techniquement sous-développé.

— Allons, jeune fille, allons ! Respectez mon poil blanc ! glapit le grand chef Hopi, avec une joie évidente.

— Si son pauvre père le voyait ! Il ne boit plus, de désespoir, et il raconte à qui veut l'entendre que son fils unique est devenu un rouge !

— En quoi il se trompe, déclara avec force Thinking Horse. Notre Johnnie n'est pas rouge, il est vert. Les intellectuels idéalistes mûrissent toujours à l'envers. Ils commencent par être rouges, et puis ils deviennent verts. C'est alors, du reste, qu'ils ont le plus de goût.

Ce fut à ce moment précis et historique que Johnnie poussa un cri de triomphe.

La colombe affolée s'envola et alla se percher sous le plafond.

Le grand chef Hopi faillit s'étrangler.

— Là, là, patron, ne vous frappez pas, ça va peut-être s'arranger !

— Yipee ! gueulait Johnnie en bondissant à travers la pièce et en faisant dans l'air des cercles avec son lasso. Yipee, j'ai trouvé ! Je viens d'avoir une idée de génie !

— Oh, mon Dieu ! gémit Frankie. Qu'est-ce qui va encore nous arriver !

— Allons, allons, ma fille, intervint Thinking Horse, d'une voix un peu tremblante, malgré tout. Ce n'est peut-être pas si grave que ça !

— Une idée formidable ! hurlait Johnnie. Une escroquerie monumentale ! Mon père sera fier de moi ! Les Nations Unies ont enfin trouvé une figure de proue ! L'Amérique va devenir le centre de la plus grande rigolade depuis que la grenouille de Mark Twain a bouffé du plomb et que O'Henry est sorti de prison ! Enfin, je vais pouvoir me venger ! Mais j'ai besoin de votre aide. Écoutez-moi attentivement.

V

Au troisième étage de l'immense rectangle de verre du secrétariat, les cinq cents journalistes accrédités auprès des Nations Unies montaient dans leurs bureaux lumineux une garde vigilante et imperturbable devant les téléscripteurs et les haut-parleurs qui déversaient sur eux les discours prononcés à la Commission de Désarmement, laquelle poursuivait inlassablement ses efforts depuis dix ans, ayant commencé ses travaux avec la bombe atomique, pour aboutir enfin à la bombe à hydrogène et aux fusées téléguidées.

Au petit bar de la presse, quelques délégués essayaient d'obtenir auprès des journalistes des informations et se faisaient expliquer les derniers événements politiques ou les intentions secrètes des gouvernements qu'ils représentaient.

Les ambassadeurs les plus chevronnés venaient là pour se renseigner sur ce qui se passait aux Nations Unies et pour connaître avec trois jours d'avance les instructions qu'ils allaient recevoir de leurs ministres.

C'était là, dans ce couloir, que se jouait le sort de tous les orateurs à la tribune de l'Assemblée Générale, car leurs efforts n'avaient d'autre but que de trouver quelque mention de leurs discours à la première page des journaux. C'est dans cet espoir que les diplomates quêtaient jour et nuit les faveurs des reporters, s'efforçant par tous les moyens de les allécher et d'éveiller leur intérêt.

L'entrée du petit bar de la presse était strictement interdite aux délégués non accompagnés de journalistes.

On voyait donc des ambassadeurs qui faisaient discrètement le trottoir devant la porte, adressant des sourires engageants aux journalistes, ou qui prenaient, au contraire, des airs mystérieux et secrets, suggérant ainsi aux plus blasés qu'ils étaient en mesure de leur procurer des sensations inédites et rares, pourvu qu'on acceptât de les suivre.

Les attachés de presse, humbles et prêts à tout, attendaient les journalistes devant le petit endroit et, guettant les trente secondes d'immobilité forcée lorsque leur victime avait les deux mains occupées, ils introduisaient rapidement dans ses poches l'exemplaire du dernier discours de leur délégué, imprimé sur un papier rugueux qui excluait tout autre usage inconsidéré.

Parfois, un journaliste exaspéré par des heures d'ennui ou alléché par des promesses particulièrement tentantes, se laissait entraîner vers un canapé discrètement dissimulé dans un coin, d'où s'élevaient aussitôt des murmures fiévreux.

Les agences de presse avaient là leurs bureaux ; il y régnait une atmosphère de cynisme haineux et de rage froide : la plupart des journalistes accrédités auprès des Nations Unies avaient connu l'espoir immense qui avait entouré la naissance de l'Organisation dont ils étaient à présent obligés de suivre la lente et piteuse agonie.

En général, les agences confiaient leurs bureaux à l'O.N.U. à des journalistes particulièrement endurcis qui, ayant traversé sans frémir les massacres, les tremblements de terre, les déluges et les famines, étaient parfaitement capables d'assister avec le sourire à l'inexorable pourrissement d'un grand rêve humain.

Parmi toutes les équipes bien entraînées et parfaitement adaptées au milieu qui se trouvaient là, celle qui avait le plus tranquillement survécu à tous les mensonges, déceptions, guerres chaudes et froides, explosions atomiques, séances de désarmement suivies de nouvelles éclosions de champignons nucléaires, celle qui avait le mieux résisté à toute l'hypocrisie, à toute la démagogie, pornographie idéaliste et débauches nationalistes d'une Organisation conçue pour lutter contre les démons du nationalisme — celle qui avait le plus froidement traversé ces longues années de trahison, avec tout juste un sourire narquois — était l'équipe de l'Illuminating News Agency.

C'est vers le bureau de l'I.N.A. que se dirigea à pas lents le grand chef Hopi Thinking Horse, porteur d'une nouvelle sensationnelle, dont il était lui-même loin de prévoir toutes les répercussions.

Avec sa belle coiffure de plumes qui le rendait visible à un kilomètre dans les couloirs du bâtiment, ses brosses et ses boîtes de cirage sous le bras, il répondait avec bienveillance aux saluts amicaux et un peu nostalgiques qu'on adressait de toute part à celui que l'on appelait parfois « le seul représentant des pieds sur la terre aux Nations Unies ».

Le vieux Hopi était particulièrement populaire auprès des délégués du bloc afro-asiatique et du bloc soviétique, lesquels voyaient en lui l'exemple frappant du destin que les colonialistes américains avaient infligé aux populations autochtones des États-Unis : le spectacle de ce grand chef Peau-Rouge solitaire et mélancolique, réduit à cirer les bottes dans un coin, était particulièrement cher à leur cœur.

Quant au grand réaliste lui-même, ses pensées correspondaient assez bien à l'air de gravité qui régnait sur son visage aux traits nobles et aux sourcils broussailleux : le monde est dans un tel pétrin, pensait-il, que mon cowboy a bien raison, il n'y a plus que deux solutions, éclater de rire ou éclater tout court.

Au moment où Thinking Horse s'approchait d'une démarche un peu incertaine du couloir de la presse, l'équipe de l'I.N.A. écoutait distraitement les détails des derniers massacres au Congo que le haut-parleur déversait sur leur tête depuis plusieurs heures.

Le chef bien-aimé de l'équipe, Bliss, était en train de rédiger quelques lignes sur la plainte d'une jeune fille qui prétendait avoir été violée dans la galerie du public au cours d'une séance du Conseil de Sécurité.

Goldenbaum, un de ses adjoints, un grand homme vêtu avec élégance, une rose fraîche à la boutonnière, regardait le résultat des courses sur le téléscripteur.

Le photographe de l'agence, Biddle, lisait une revue pornographique.

Le dernier membre de l'équipe faisait la chasse aux puces par terre.

Son nom était Fido.

Le règlement des Nations Unies interdisait formellement l'entrée d'animaux à quatre pattes dans le bâtiment, mais l'équipe de l'I.N.A. s'était arrangée avec les gardes.

La présence d'un chien dans leurs couloirs donnait d'ailleurs incontestablement aux Nations Unies un caractère un peu plus humain.

On lui grattait l'oreille, on le caressait, il remuait la queue à votre vue et on avait alors l'impression que tout n'était pas encore définitivement foutu.

— Fido, bon chien, Fido, dit Bliss. Personne

n'a jamais entendu Fido faire un discours.

— Ça viendra, s'il reste ici assez longtemps, dit Goldenbaum.

Le haut-parleur continuait à les tenir au courant des efforts humanitaires de l'Organisation.

Aux massacres du Congo succéda un rappel des massacres de Hongrie, suivi d'un morceau de musique classique sur la ségrégation raciale aux États-Unis ; Bliss tourna le bouton et passa à la Commission des Droits de l'Homme : on y donnait un programme intéressant sur l'ablation du clitoris chez les filles nubiles pratiquée par certaines tribus africaines.

— Saviez-vous que les Nations Unies ont été bâties à l'emplacement des anciens abattoirs de New York ? demanda Goldenbaum.

— Les abattoirs ont été transférés ailleurs, dit Bliss.

— Eh bien, moi, je vous trouve trop pessimistes, dit Biddle. Je viens justement de lire quelque chose de très encourageant. Il paraît que chez les écrevisses, le spasme sexuel dure vingt-quatre heures.

— Qu'est-ce que tu vois d'encourageant làdedans ? grommela Bliss.

— Naturellement, on ne va pas laisser cela aux écrevisses. On va y arriver, nous aussi. Il suffit de pousser la recherche scientifique, former des jeunes savants... Il faut soumettre cela immédiatement à la Commission des Droits de l'Homme. Vingt-quatre heures sur vingt-quatre ! Ça, ce serait une civilisation.

— Et qu'est-ce qui s'occuperait du reste ? demanda Bliss.

— Eh bien, on pourrait faire la semaine de quarante heures. Le reste du temps, on travaillerait.

— Le Parti Démocrate devrait mettre cela dans son programme, dit Goldenbaum.

— Ça ne marchera jamais, avec un Président catholique, grogna Bliss.

— Tu connais mal Kennedy, protesta Biddle.

— Tout ce que ça va encore donner, c'est une persécution des écrevisses, dit Bliss.

— Vingt-quatre heures sur vingt-quatre heures ! murmura Biddle.

Ils rêvèrent un instant en silence. Même Fido parut intéressé.

Ce fut au cours de ce bref moment d'euphorie, qui prouve bien que même les natures les plus endurcies cachent en elles une étincelle d'idéalisme, que le grand chef Hopi Thinking Horse effectua son entrée.

Ils le connaissaient bien. Ils lui payaient dix dollars de petites bribes d'informations et les confidences qu'il recueillait en cirant les chaussures des délégués.

— Bonjour, vieille crapule, dit Bliss. Toujours saoul ?

— Toujours, dit gravement le bon réaliste. On se défend comme on peut. Mes enfants, cette fois, je vous apporte vraiment quelque chose de sensationnel. Une nouvelle extraordinaire, qui va bouleverser le cœur des peuples, occuper pendant des semaines la première page des journaux et montrer à nos détracteurs que les États-Unis sont capables, eux aussi, de donner au monde une grande et belle figure spirituelle. Ce sera dix mille dollars, à prendre ou à laisser.

— Annoncez la couleur, dit Bliss. On verra ensuite ce que ça vaut.

Thinking Horse promena sur les journalistes un regard solennel.

— Il y a ici, parmi nous, un jeune homme qui crève de faim, dit-il.

Fido bâilla.

Goldenbaum haussa les épaules et enfouit le nez dans sa rose.

Biddle prit un air écœuré et ferma les yeux.

— Aucun intérêt, grommela Bliss. Les trois quarts de la population du globe crèvent de faim. Ça n'intéresse personne. Vous devriez le savoir, à votre âge.

— Mes enfants, reprit le vieux Peau-Rouge, avec douceur, le jeune Américain dont je vous parle se laisse mourir de faim *volontairement*. Il fait la grève de la faim pour protester contre la guerre froide, contre le nationalisme aberrant, contre les armes nucléaires et les grandes puissances, contre la faiblesse de l'O.N.U., contre les mensonges, contre la duperie, contre l'hypocrisie et la honte. Il se cache dans une petite pièce que personne ne connaît et qui a été perdue, comme tant d'autres choses ici, dans le chaos bureaucratique architectural de ce gratte-ciel. Si sa voix et sa protestation ne sont pas entendues, il mourra, et comme personne ne sait où il se cache, l'odeur du cadavre décomposé du jeune idéaliste américain planera jour et nuit sur les travaux de l'Organisation...

Il se tut et jouit un instant de l'effet produit. Les journalistes le regardaient bouche bée.

— J'ajoute qu'il s'agit d'un cow-boy du Texas qui a entendu, enfin, les voix qui nous viennent d'Europe et de l'Inde et qui a reconnu le bien-fondé des reproches qui nous sont faits. Il demande donc à l'Amérique de rompre avec son passé de matérialisme et de se vouer à la conquête des valeurs purement spirituelles. Il répond « présent » à l'appel du Président Kennedy qui cherche de nouveaux pionniers pour explorer la nouvelle frontière américaine, la frontière de l'idéalisme, de l'esprit, du cœur. Il compte sur vous pour donner à sa croisade tout le retentissement qu'elle mérite et il accepte de vous recevoir dans sa cachette à condition que vous ne le trahissiez pas.

Dire que l'effet produit par ces paroles fut électrifiant serait sous-estimer gravement l'agitation qui s'empara soudain de l'équipe de l'I.N.A. Fido lui-même avait le poil hérissé. Le téléscripteur s'étrangla et il fallut lui apporter un verre d'eau.

— Le Gandhi américain ! murmura Biddle.

— Le bateau des Nations Unies trouve enfin une figure de proue ! bégaya Goldenbaum.

Seul Bliss paraissait sceptique.

— Vous êtes sûr au moins que c'est un salopard ? demanda-t-il avec méfiance. Il n'est pas sincère, au moins ? S'il se fout du monde, on est de tout cœur avec lui : il y a longtemps qu'on attend quelqu'un qui dise aux Nations Unies leurs quatre vérités. Mais si c'est encore quelque chose de pathétique et d'inspiré, on n'en veut pas, on ne mange pas de ce pain-là.

— Mes enfants, dit le vieux chef Hopi, en mettant la main sur le cœur, pour les rassurer, il s'agit d'un authentique abus de confiance dans la bonne vieille tradition de nos pères, d'un garçon résolu à nous faire rire tout en se faisant un peu d'argent. Je puis vous assurer que ses intentions sont strictement malhonnêtes et malveillantes. Vous n'avez donc rien à craindre : il n'est nullement question de vous emmener dans une de ces promenades sentimentales au clair de lune dont l'humanité revient toujours violée, meurtrie et désespérée. L'exclusivité que nous vous offrons aura pour contrepartie le versement immédiat de dix mille dollars en gage de sympathie.

— Vieux bandit ! cria Bliss, avec enthousiasme. Laissez-moi vous serrer sur mon cœur ! J'accepte vos conditions. Et maintenant conduisez-nous vers cet homme providentiel car s'il y a une chose dont nous avons besoin aux Nations Unies, c'est d'un forban qui ose dire son nom !

— Alors, vous n'avez qu'à me suivre, dit gravement le grand chef Hopi.

VI

Lorsque les trois journalistes, sous la conduite de leur guide, eurent parcouru quelques kilomètres dans les couloirs et écarté le grand plan du bâtiment dont les autorités affichaient çà et là des exemplaires dans le labyrinthe pour permettre aux employés et aux visiteurs de s'y retrouver, ils pénétrèrent enfin dans la petite pièce aux murs de briques rouges, et la première chose qu'ils entendirent fut le roucoulement de la colombe.

Celle-ci était perchée sur l'épaule d'un jeune homme vêtu d'un costume de cow-boy, assis dans un fauteuil à bascule, un coude appuyé sur son genou, le menton dans une main, le lasso dans l'autre, perdu dans une profonde méditation.

À côté de lui, une main posée sur son épaule, se tenait une jeune fille rousse qui portait l'uniforme et le calot des guides des Nations Unies ; son petit visage couvert de taches de rousseur paraissait anxieux et préoccupé.

Au fond de la pièce, trois ouvriers préposés à l'entretien du bâtiment des Nations Unies se tenaient résolument debout, en combinaison de travail, avec leurs outils à la main ; leurs visages étaient sombres et résolus.

— C'est lui ? demanda Bliss, brièvement.

— C'est lui, répondit solennellement le grand chef Hopi.

— Et les autres gars ?

— Ce sont des ouvriers préposés à l'entretien du bâtiment, qui croient en dépit de tout aux Nations Unies et qui prêtent à notre jeune ami leur appui matériel et moral. Ils lui avaient d'abord offert cet abri parce qu'il était un ancien combattant de Corée : il avait lutté pour les Nations Unies, elles lui devaient bien ça. Ensuite, ils ont voulu l'aider dans son œuvre de salut. Oui, c'est lui, c'est Johnnie, et ça, c'est Frankie, dont vous avez peut-être entendu parler. Je ne peux pas vous dire le nom complet de ce brave cow-boy, parce que son père est un homme universellement respecté au Texas et s'il savait que son fils s'est rallié aux Nations Unies, il en mourrait de chagrin.

Johnnie parut sortir enfin de ses pensées.

— Mon père, dit-il sombrement, est un isolationniste arriéré qui n'a aucune compréhension de la mission sprirituelle du nouveau Texas. Le temps en effet est venu pour le Texas de se rendre compte de sa vocation mondiale. Nos élites intellectuelles doivent travailler à l'établissement d'un gouvernement mondial au lieu de s'exhiber dans les rodéos. C'est dans cet esprit que j'ai commencé une grève de la faim pour protester contre la course aux armements, pour réclamer le respect de la Charte, pour appeler les peuples au secours des Nations Unies et du bel idéal qui y est enterré. Je veux rendre vie à cet idéal, je veux lui rendre des ailes, le ressusciter, car il y a des moments où il me paraît mort et embaumé, exposé dans la crypte de verre de ce gratte-ciel comme le cadavre de Lénine dans son mausolée, pour la beauté du coup d'œil et l'édification des visiteurs qui veulent bien payer un dollar pour le contempler. Reconnaissant humblement le bien-fondé des critiques qui nous viennent d'Europe et de l'Inde, les cow-boys du Texas, que je représente ici, et derrière eux, l'Amérique entière, proclament leur ralliement à l'idéalisme et aux valeurs purement spirituelles et leur ferme volonté de s'opposer désormais à tout progrès du matérialisme sordide aux États-Unis. Je veux aussi opposer au Spoutnik que le matérialisme soviétique a projeté dans l'espace interplanétaire un antispoutnik américain résolu, celui de l'esprit et de l'âme, qui montera plus haut que l'autre et éblouira le monde par sa puissance et son rayonnement. J'exprime ici l'espoir et la certitude que mon geste encouragera tous les cow-boys à laisser s'épanouir en eux librement l'étincelle sacrée de la conscience mondiale. Le soir, autour du feu, je veux qu'ils organisent des cercles d'étude et qu'ils analysent ensemble la Charte des Nations Unies et la meilleure façon d'abolir le droit de veto des grandes puissances et les grandes puissances elles-mêmes. Je réclame également que l'on change la couleur des fauteuils et des tables dans la Salle de l'Assemblée, dont le bleu et le vert font grincer des dents les délégués, ce qui est en partie la cause de l'atmosphère de discorde et de haine qui règne dans cet endroit. Tant que mon appel ne sera pas entendu, je continuerai à me laisser mourir de faim sous ces décombres.

Les journalistes griffonnaient fébrilement.

— Comment vous est venue l'idée de votre tentative ? demanda Bliss, sans lever le nez de son carnet.

— En lisant le récit que Lindbergh a fait de sa traversée solitaire de l'Atlantique à bord du *Spirit of Saint-Louis*, il me parut que le temps était venu de faire mieux que ce pionnier. L'océan Atlantique est aujourd'hui dépassé par cet autre élément qui nous entoure et dans lequel nous baignons jusqu'au cou. Il s'agit de voir si l'esprit peut enfin triompher de la matière. J'ai donc décidé de me boucher le nez et de tenter la traversée, seul à bord, avec seulement mon cœur comme instrument de navigation.

Les journalistes écrivaient.

Bliss paraissait très grave et même majestueux, serrant violemment son cigare entre les dents.

Goldenbaum avait l'air transfiguré d'un homme qui découvre tout à coup qu'il n'a pas vécu en vain.

Seul le gentil Jimmy Steele, sa caméra à la main, était un peu triste : il n'avait jamais osé l'avouer aux autres, mais il croyait encore un peu aux Nations Unies, malgré tout.

— Il est tout de même encore permis d'espérer, murmura-t-il timidement.

— Moi aussi j'ai espéré une fois, grommela Bliss, le cigare de travers, sans cesser d'écrire. Pendant quelque temps, on nous a fait croire que l'homme descendait du singe, mais il y a eu coup sur coup Marx, Einstein et les grands savants de l'époque atomique, et il a bien fallu admettre que c'était là encore un faux espoir qu'on donnait à l'humanité pour la rassurer ! Comment se fait-il, mon ami, dit-il en s'adressant au cow-boy, qu'on ne vous ait pas encore trouvé ?

— J'ai pour moi tout le petit personnel de l'Organisation, dit Johnnie. Tous ceux qui, depuis tant d'années écoutent et regardent, tous ceux qui ont cru et qui continuent à croire malgré tout, m'entourent de leur protection et font tout ce qu'il faut pour qu'on ne me trouve pas. Et maintenant messieurs, allez ! On nous a assez accusés, nous autres Américains, de trop aimer les biens terrestres, nos champs de blé, nos troupeaux infinis. Le moment est venu de montrer à nos détracteurs que nous sommes prêts à apporter au monde fatigué de nos dollars la seule aide que l'Amérique ne lui ait pas encore donnée :

une aide spirituelle ! Cela dit, ne me prenez surtout pas pour un idéaliste désintéressé : je suis un gars pratique du Texas, qui a ses pieds bien sur la terre. Je vous demande donc dix mille dollars pour l'exclusivité de l'histoire et je garde pour moi tous les droits de télévision, radio, ainsi que tous les droits subsidiaires.

Et il jeta à Frankie un regard triomphant, comme pour lui dire : « Tu vois, ma Frankie, tu peux être tranquille, j'ai rompu avec les beaux sentiments, je suis devenu un cochon comme les autres. »

Et la fidèle Frankie l'embrassa tendrement, le vieux réaliste Thinking Horse leva son verre à sa santé et à leur prospérité à tous, et même la colombe roucoula avec satisfaction.

Il ne restait plus qu'à choisir d'un commun accord le titre sous lequel Johnnie allait effectuer son entrée triomphale dans l'actualité.

—« Le locataire clandestin de l'O.N.U. », proposa Bliss. Non, ce n'est pas assez fort, « Frankie et Johnnie au secours des Nations Unies ! » Ou bien : « L'antispoutnik américain prend son envol ! »

— Pourquoi pas tout simplement : « L'homme à la colombe » ? suggéra Goldenbaum.

— Ou encore « Le cow-boy idéaliste. Au progrès matérialiste de l'U.R.S.S., l'Amérique répond triomphalement par le progrès spirituel, intellectuel et moral » ?

Et lorsque les journalistes furent partis, Johnnie alluma un bon cigare, se versa un bon whisky, mit un peignoir qui lui donnait l'air d'un boxeur prêt au combat, croisa les jambes et, caressant la colombe qu'il s'apprêtait ainsi à venger, promena autour de lui un regard inspiré.

— Eh bien, mes enfants, nous allons bien rire !

Et le soir, Pipkin, le mécanicien, Miserabski, le préposé au chauffage, Sonny Boy, le préposé aux ordures, et deux ou trois petits employés chargés des humbles rouages du gratte-ciel, se réunirent dans la petite pièce du souterrain autour de Frankie et de Johnnie, lequel leur chanta des ballades populaires du vieux Texas, en s'accompagnant sur la guitare, en attendant le grand éclat de rire qui allait saluer le lendemain matin dans toute l'Amérique la parution des journaux.

VII

Mais ils se trompaient.

Ils avaient sous-estimé l'espoir et l'inquiétude avec lesquels les peuples cherchaient à l'horizon le moindre signe qui leur eût permis de reprendre courage et confiance dans l'avenir.

Ils avaient oublié la nostalgie avec laquelle les peuples du monde attendaient l'apparition d'une grande figure spirituelle, d'une force morale vers laquelle ils eussent pu enfin lever les yeux.

Si bien que l'affaire du « locataire clandestin » était traitée dans la presse avec sympathie et même avec une certaine émotion, dont un éditorial du *Tide* donnait assez bien le ton.

« Ainsi, écrivait le journal, depuis quarante-huit heures, enfoui sous la pierre du gratte-ciel de l'East River, un homme se laisse mourir pour appeler les peuples au secours d'une belle et noble idée.

« Depuis quarante-huit heures nous savons que l'Organisation des Nations Unies n'est plus une mécanique anonyme, un immense moulin à discours, mais qu'elle est enfin *habitée* comme l'âme habite le corps.

« Désormais, nous ne pourrons plus passer à côté du gratte-ciel sans sentir notre cœur se serrer. »

Johnnie parcourut avidement l'éditorial du journal.

Puis il croisa les bras sur sa poitrine, chassa d'un mouvement de tête la mèche qui lui tombait sur l'œil et dit, avec un joli mouvement du menton :

— Très bien. Ainsi, ils me prennent au sérieux, comme l'O.N.U. elle-même. Ils refusent de se réveiller. J'ai beau les pincer, ils refusent d'ouvrir les yeux. Tout ce que ça prouve, c'est que je ne les ai pas pincés assez fort !

— Oh, mon Johnnie, dit Frankie, en soupirant, à force de vouloir les pincer, tu finiras par te faire très mal !

— J'ai manqué d'audace, voilà la vérité, dit

le bon cow-boy, sombrement. Je vais leur doubler la dose !

— Oh, mon Johnnie, fais attention ! s'exclama Frankie. Je n'aime pas ça du tout ! Rappelle-toi ton pauvre grand-père, qui vendait un médicament magique dans les foires et qui fut promené un jour sur les épaules de ses victimes, enduit de goudron et de plumes !

— Mon grand-père était né trop tôt, dit Johnnie. C'était un précurseur des Nations Unies, son nom devrait être prononcé dans les couloirs avec respect et vénération... Quels merveilleux discours il leur aurait fait à la tribune !

Soudain, il fit claquer ses doigts.

— Ça y est, j'ai une idée !

— Quoi, encore une ? s'effraya le grand chef Hopi, en ôtant précipitamment de ses lèvres le goulot du calumet de la paix.

Mais Johnnie ne l'écoutait pas. Ses yeux noirs avaient une lueur inspirée.

Groupés autour de lui, Pipkin, le mécanicien, Miserabski, le préposé au chauffage, et Sonny Boy, le préposé aux ordures, attendaient avec espoir et admiration.

— Qu'on m'apporte une tondeuse, dit lentement Johnnie. Qu'on m'apporte une paire de lunettes métalliques, un rouet à filer de la laine, un drap de lit propre et un bol plein de cendres...

Les autres le regardaient bouche bée.

— Allons, dépêchez-vous ! Puisqu'ils tiennent à être trompés jusqu'au bout, on va leur en donner pour leur argent !

Et c'est ainsi qu'une demi-heure plus tard, lorsque l'équipe de l'I.N.A., convoquée en toute hâte par Sonny Boy, le préposé aux ordures, arriva dans la cachette, un spectacle étonnant s'offrit à ses yeux.

Le fils favori du nouveau Texas spirituel était assis par terre, nu sous un drap qui lui servait de toge, le crâne rasé, les jambes croisées, regardant les visiteurs par-dessus la paire de lunettes qui chevauchait son nez et il filait de la laine.

Il tenait la colombe sur ses cuisses et, de temps en temps, il prenait une poignée de cendres dans un bol et l'éparpillait sur son crâne.

Frankie se tenait à ses côtés, vêtue d'un sari émeraude.

Le grand chef Hopi Thinking Horse était assis par terre, sa noble coiffure de plumes rejetée en arrière, pressant fermement le calumet de la paix contre ses lèvres.

Jimmy Steele s'accrocha à son appareil comme à une bouée et prit une photo.

Bliss serra les dents si fort sur son cigare qu'il le broya.

Quant à Goldenbaum, il se découvrit, leva les yeux au ciel, pressa le chapeau contre son cœur et dit, très simplement :

— Merci, Seigneur, d'avoir fait ça pour nous !

— C'est le portrait tout craché de son père ! grommela Bliss.

— Il me rappelle quelqu'un, je ne sais pas qui, murmura rêveusement Jimmy Steele.

— Une autre grande et belle figure spirituelle, dit Bliss. Six lettres. Ça commence par un G. Rappelle-toi : il a fait la grève de la faim toute sa vie, mais à la fin il a fallu l'abattre à coups de revolver.

— Six lettres, dit Goldenbaum. Ça commence par un G. Une grande et belle figure spirituelle. Il n'y en a pas deux, voyons...

— Il n'y en a pas une, dit Bliss.

Le bon cow-boy leur tendit d'abord à chacun la colombe à baiser.

Puis il dit :

— Annoncez bien au monde entier que la jeunesse américaine rompt avec son passé matérialiste et se tourne résolument vers la conquête des valeurs véritables. Nous reconnaissons avec humilité le bien-fondé des critiques qui nous viennent de l'Europe et de l'Inde, nous avons honte de nos machines, de nos frigidaires, de notre industrie automobile, et de l'avance que nous avons prise dans le domaine de l'énergie atomique. Rompant résolument avec notre Histoire, nous disons : *mea culpa*, nous nous frappons la poitrine et annonçons au monde notre résolution de nous vouer désormais avec la même énergie à la culture de notre vie intérieure, au yoga, à la contemplation, à la lecture de la Charte des Nations Unies et du Bahdivâtra, ainsi qu'à la méditation désintéressée et entièrement libre de tout souci relatif aux conséquences pratiques...

Ce qu'il y avait de plus affreux c'était que Johnnie disait tout cela avec le bon vieil accent du Texas, cet accent qui était demeuré pendant si longtemps le signe rassurant de la paix totale de l'esprit.

Jimmy Steele baissa son appareil et s'essuya le front d'une main tremblante.

Il avait l'impression d'assister à quelque chose comme l'entrée solennelle du ver dans le fruit.

Les photos de Frankie et Johnnie parurent en première page de tous les journaux du soir new-yorkais : le bon cow-boy, le crâne couvert de cendre, à demi nu sous son drap de lit, serrait la colombe contre sa poitrine ; Frankie était debout à ses côtés, la main sur son épaule, dans son beau sari émeraude.

Les légendes disaient :

« La nouvelle aventure de Frankie et Johnnie. »

« L'héritier de Lindbergh : l'Amérique mesure le chemin parcouru en trente ans. »

Et encore, très simplement, « L'antispoutnik spirituel de l'Occident montre dans le ciel les couleurs de l'espoir. »

La réaction populaire ne se fit pas attendre, mais là encore, elle n'était pas du tout ce que Johnnie escomptait.

Une foule compacte et recueillie, frappée de ferveur idéaliste, entoura jour et nuit le bâtiment de l'East River.

Les yeux levés, des milliers de braves gens pleuraient de lassitude, d'espoir déçu mais impérissable, pendant que des équipes d'ingénieurs parcouraient le gratte-ciel dans tous les sens, auscultant les murs, à la recherche de l'homme à la colombe enfoui sous ce monstre de pierre et de verre, sous trente-deux étages de vide, enterré vivant sous des millions et des millions de feuilles de beaux discours, de nobles proclamations, de résolutions gratuites, sous des millions et des millions de tonnes de papier imprimé — cet homme à la colombe qui était devenu pour des millions d'autres hommes comme le symbole même de leur espoir agonisant.

Dans le monde entier, la nouvelle de la croisade de la faim inaugurée par le cow-boy idéaliste du Texas suscita un intérêt et une sympathie passionnés.

Seule la presse française manifestait quelque humeur.

« La France, une fois de plus, manque le coche, écrivait *Le Journal.* Il lui eût appartenu de plein droit de prendre la tête de ce grand mouvement où la grandeur naît de la faiblesse et du renoncement au progrès matériel qui s'est déclenché aux États-Unis. »

« Tout — nos institutions politiques, notre pensée contemporaine, nos intellectuels, notre économie —, tout nous désignait pour cette mission spirituelle. »

Chez les trois mille cinq cents employés du gratte-ciel, le geste de Johnnie fut accueilli avec une émotion profonde, surtout aux échelons subalternes, où la foi dans l'Organisation était demeurée intacte.

Comme nul ne paraissait savoir dans quelle partie du bâtiment le jeune idéaliste était enfoui, l'usage s'établit immédiatement, surtout dans le personnel féminin, de poser un peu au hasard, dans les coins du bâtiment, des petits bouquets de fleurs dans un verre d'eau.

Naturellement, il y eut quelques crises d'hystérie. C'était inévitable.

Des jeunes filles affolées surgissaient des toilettes, en criant que Johnnie s'était brusquement manifesté à elles d'une manière tout à fait inattendue.

Quant au secrétaire général Traquenard et à ses plus proches collaborateurs, ils étaient devenus invisibles et, derrière les portes fermées, vivaient des heures dramatiques qu'il nous faut relater ici.

VIII

Dès six heures du matin, heure à laquelle il fut réveillé par son service de presse qui lui apportait les premières éditions des journaux annonçant en titres énormes la présence du « locataire clandestin » à l'Organisation des Nations Unies, le secrétaire général Traquenard se remit entre les mains de ses médecins.

Vers une heure de l'après-midi, il fut suffisamment rétabli pour pouvoir s'entretenir avec ses deux adjoints principaux.

— Du calme, messieurs, du calme, leur demanda-t-il. Mademoiselle, donnez-moi vingt gouttes de valériane sur un morceau de sucre. Je vais donner au monde un exemple de calme, même si je dois en crever. Les Nations Unies doivent donner au monde...

— Vingt gouttes de valériane sur un morceau de sucre, dit la secrétaire, en lui présentant son médicament.

— Hein ? Qu'est-ce que je disais ? Où est-ce que j'en étais ?

— Vous disiez que nous ne devons pas perdre la tête, dit le serein Bagtir.

— C'est ça. Messieurs, si vous voulez mon avis, c'est une histoire montée de toutes pièces par les journaux. Ils essayent de mêler aux travaux de l'Organisation ce qu'ils appellent un « élément d'intérêt humain ». Ils ont évidemment entendu parler de cette affaire de pièce perdue et ils ont imaginé cette histoire pour nous discréditer et montrer que nous ne sommes pas capables de nous retrouver dans notre maison. Mais il est également possible qu'il y ait vraiment parmi nous un illuminé qui se laisse mourir de faim sous nos pieds. L'ennui, c'est que tout le monde nous observe. J'ai toujours dit qu'on a eu tort de fixer le siège des Nations Unies à New York. Il fallait le cacher quelque part très loin des grands centres nerveux, dans quelque coin discret où nous aurions pu passer inaperçus et où nous aurions pu vivre tranquillement à l'abri des regards curieux. Quelque part dans une forêt, avec de jolis paysages autour, une station thermale... des moutons paisibles... de la verdure...

Il se mit à pleurer. Bagtir, vêtu de tweed discret, alluma tranquillement sa pipe, souffla la fumée et dit :

— Allons, mon cher ami, reprenez-vous. Notre Organisation est chargée de faire la paix sur la terre et pour cela, nous devons d'abord la faire régner en nous-mêmes et regarder l'agitation de ce bas monde avec un serein détachement. Croyez-moi, toute cette bousculade n'empêchera pas les oiseaux de chanter. Et, selon l'expression de notre grand Omar Kheyyam, tant que les hommes pourront ouvrir chaque matin leur fenêtre aux oiseaux qui chantent, que peut-il donc leur arriver et que peuvent-ils encore exiger ?

Le secrétaire général Traquenard parut irrité.

— En voilà des arguments... On voit bien que vous n'avez pas la responsabilité de la paix du monde sur vos épaules !

— Ce sont les oiseaux qui l'ont, pas vous, dit Bagtir.

— Les recherches n'ont toujours rien donné ? demanda Praiseworthy.

— Rien. Mais on continue. J'ai fait placer

encore une fois dans les deux mille cinq cents fenêtres du bâtiment, deux mille cinq cents employés qui ont tous, au même moment, agité deux mille cinq cents drapeaux des Nations Unies : d'abord, c'est bon pour le moral, et ensuite, s'il y avait une fenêtre inoccupée, cela nous aurait permis de retrouver immédiatement la pièce perdue. C'est mon comité d'efficacité qui m'a suggéré cette idée. Mais ça n'a rien donné.

— Et vos équipes volantes ?

— Rien. Elles se promènent dans le bâtiment en auscultant les murs avec des marteaux, pour voir si ça ne sonne pas creux quelque part. Mais ça sonne creux de haut en bas, alors...

— La première chose à faire est de voir si ce garçon est sincère, dit Praiseworthy. Peut-être croit-il vraiment que les Nations Unies peuvent faire régner la paix dans le monde.

— Un enfant de cinq ans vous dirait que nous sommes complètement incapables de faire quelque chose de ce genre, protesta Traquenard, avec indignation.

— Justement, il ne s'agit pas d'un enfant de cinq ans, mais d'un jeune intellectuel américain, dit Praiseworthy. Il est capable d'y croire vraiment... En tout cas, je reconnais que le terrain est délicat, il faudra marcher sur la pointe des pieds. Mais tous les diplomates savent que c'est sur la pointe des pieds que l'on va le plus loin.

— Mais que faire ? se lamenta Traquenard. Supposons qu'il s'agisse d'un de ces authentiques idéalistes américains, comme vous le dites ? Ce sont les plus enragés. Il risque vraiment de se laisser mourir de faim sous nos pieds pendant qu'on discute. De quoi aurons-nous l'air ? Vous imaginez d'ici le scandale : les Nations Unies qui se mettent à sentir ouvertement le cadavre, ce cadavre du petit homme enfoui, perdu dans leurs entrailles, comme le symbole même de l'espoir qui agonise lentement...

Il se remit à pleurer.

— Allons, Charlie, allons, dit le serein Bagtir.

— Je vais vous faire une suggestion pratique, dit lentement Praiseworthy. Puisque la première réaction de l'opinion publique semble favorable, pourquoi ne pas annexer discrètement ce jeune enthousiaste ? Après tout, c'est pour appeler le monde à notre secours qu'il a entrepris sa grève de la faim. En somme, il meurt d'amour pour l'idéal des Nations Unies. C'est bien beau. L'opinion publique mondiale semble se détacher des Nations Unies : pourquoi ne pas saisir cette occasion pour frapper les imaginations et ranimer la flamme défaillante ?

Le sage Bagtir inclina gravement la tête.

— J'ajouterai que le problème que pose la présence parmi nous de ce jeune homme va disparaître peu à peu tout seul, comme tant d'autres problèmes ici. Il va s'évaporer, s'évanouir dans les airs, perdre sa consistance, sa réalité, devenir une abstraction — il suffit de laisser l'atmosphère du lieu faire son travail...

— Alors, pour le moment vous me conseillez de procéder comme d'habitude ? demanda Traquenard.

— Cela me paraît la meilleure solution.

— On ne fait rien ?

— On ne fait rien.

Traquenard poussa un soupir de soulagement.

— Je vais donner immédiatement les ordres nécessaires, dit-il énergiquement.

Mais si la grève de la faim annoncée par l'homme à la colombe éveillait chez le secrétaire général les plus grandes appréhensions, il y avait par contre aux Nations Unies un homme qui parvenait à peine à cacher sa jubilation.

Cet homme était Ivan Ivanovitch Aïda-Oukhniem, le délégué soviétique.

Depuis que la nouvelle de la présence du cow-boy idéaliste dans le gratte-ciel avait atteint les journaux, Ivan Ivanovitch Aïda-Oukhniem se promenait de long en large dans son bureau, en fredonnant l'air de la vieille marche militaire russe « *Grom pobiedy razdavaïsia* », ce qui veut dire : « Voici que retentit enfin le tonnerre de la victoire. »

Il attendit avec impatience les instructions de Moscou sur l'attitude qu'il devait prendre dans cette affaire et, finalement, craignant que l'importance de l'événement échappât au Kremlin, il ne put se contenir davantage et, malgré les conseils de prudence de sa femme, il rédigea un télégramme donnant libre cours à son optimisme naturel.

« L'Occident capitaliste, devant les progrès foudroyants du socialisme dans le monde, tend de plus en plus à fuir la réalité et à se réfugier dans l'idéalisme, écrivit-il.

« Il est parfaitement possible que la grève

de la faim du jeune idéaliste du Texas soit suivie en masse dans tout le pays.

« Dans ce cas, l'économie américaine serait immédiatement désorganisée.

« La consommation tomberait verticalement et la production subirait un contrecoup évident, surtout si la grève s'étend dans les usines, ainsi qu'il est permis de l'espérer.

« Les plus grands encouragements doivent être prodigués à celui que l'on appelle déjà ici le "Gandhi de l'Occident", dans sa croisade spirituelle et son boycottage du matérialisme aux États-Unis.

« Il va sans dire qu'une hirondelle ne fait pas le printemps, mais il me semble difficile de nier que les premiers signes de la crise économique américaine prévue depuis si longtemps par les géniaux Marx et Lénine soient clairement visibles à l'horizon. »

Pendant ce temps, dans la petite pièce aux murs de briques rouges régnait une animation ininterrompue.

Assis dans son fauteuil, revêtu de son peignoir de boxeur, un gros cigare aux lèvres, soufflant un peu entre deux rounds de combat avec un adversaire auquel il s'était promis de faire mordre la poussière une fois pour toutes, Johnnie parcourait les dernières éditions des journaux et dictait à Frankie les réponses au courrier qui lui arrivait de toutes parts.

Les lettres étaient en général adressées simplement à « Frankie et Johnnie, aux bons soins des Nations Unies », et un employé du bureau de poste de l'Organisation, qui était un sympathisant, les lui faisait parvenir discrètement.

Le jeune lutteur était quelque peu pâle et défait, car les premiers rounds du combat étaient indécis et au lieu de l'éclat de rire énorme et bien américain qu'il avait escompté, c'étaient des témoignages d'affection, d'admiration et des messages d'encouragement qu'il recevait par milliers dans le souterrain où « un petit homme résolu s'était porté seul au secours d'une belle et noble idée ».

Johnnie était donc obligé de reconnaître que l'idéalisme se portait bien en Amérique, exerçait sur le cœur de ses compatriotes une emprise plus forte encore qu'il n'avait cru et que, la crédulité populaire n'ayant apparemment pas de limite, l'issue du combat demeurait incertaine.

Il essayait de cacher sa déconvenue et son

inquiétude sous un air d'assurance et de défi, en faisant le compte des chèques et des mandats que ses admirateurs lui envoyaient « pour l'aider dans son œuvre de soutien et de secours à l'idéal immortel des Nations Unies ».

— Enfin, ça va être un peu plus difficile que je ne pensais, grommelait-il, en mâchonnant son cigare. Mais on y arrivera. En tout cas, nous faisons de l'argent, c'est l'essentiel. Ça prouvera au moins à mon père que je suis un réaliste. Cinq mille dollars, rien que dans le courrier de ce matin.

Mais Frankie ne paraissait pas rassurée.

— Oui, eh bien, je me méfie, répétait-elle, en plissant son petit nez couvert de taches de rousseur. Je ne serai pas tranquille tant que tu resteras ici, Johnnie. Tant que je te verrai installé là avec ce maudit oiseau à la main, je me méfierai. Tu as beau me jurer que c'est fini, entre les Nations Unies et toi, ce n'est pas en me montrant une colombe que tu me prouveras que tu es toujours un vrai cow-boy et qu'il te reste autre chose que des belles idées !

— Jeune fille, jeune fille, dit avec dignité le grand chef Hopi Thinking Horse, respectez mon poil blanc !

— Je me moque bien de votre poil blanc !

cria Frankie. Je n'ai peut-être pas le poil blanc, mais j'ai tout de même droit à certains égards, moi aussi !

Aux côtés de Johnnie, vêtus de leurs beaux costumes à carreaux, se tenaient tous les autres locataires clandestins des Nations Unies que l'Organisation consultait souvent, mais toujours discrètement, en leur qualité d'experts en matière d'activités idéalistes.

Il y avait donc là, bien entendu, Clappy Frucht, spécialisé dans les élections démocratiques et le ramassage des voix dans les votes importants, Schwapsie-Maxie, spécialisé dans l'assistance technique, les activités nationalistes et patriotiques, les droits de l'homme et le droit des peuples à disposer d'eux-mêmes, Rudi le Miteux, qui ne savait rien faire de spécial, mais qui présentait bien et qui était très utile, parce qu'il avait toujours la main sur le cœur et savait inspirer confiance par son air honnête et sincère, et surtout, surtout, il y avait là Harry le Rat lui-même, le grand organisateur et *promoter*, la véritable cheville ouvrière de toutes les activités idéalistes, que tout le monde écoutait avec respect.

— Oui, répéta Johnnie, en fronçant les sourcils, j'irai aussi loin qu'il le faudra pour ouvrir les yeux des peuples, même si je dois finir en prison pour escroquerie !

Alors Harry le Rat fit un pas en avant et, ayant remué les moustaches, il dit :

— Mesdames et messieurs, permettez-moi de vous rassurer tout de suite et de vous dire que notre Johnnie ici présent ne risque absolument rien, parce qu'il a la confiance du public et cela le met au-dessus de tout soupçon. Al Capone me disait toujours : « Harry, la première chose qu'il faut pour opérer, c'est la confiance, c'est l'amour, c'est les beaux sentiments, c'est les belles idées. » Il avait raison. Sans la sympathie, sans l'idéalisme, vous ne réussirez jamais rien de grand et vous resterez toute votre vie un petit margoulin. Mais si vous voulez aller vraiment loin, si vous voulez viser vraiment haut, comme notre Johnnie ici présent, ou comme les Nations Unies, la première chose qu'il vous faut, c'est la confiance, il vous faut la confiance dans le public, la confiance du public, la confiance par le public, c'est ce que Lincoln disait aussi, et c'est ce que je dis, parce que si vous ne faites pas confiance au public, le public ne vous fera pas confiance non plus et il vous aura à l'œil tout le temps. Et voilà pourquoi, mesdames et messieurs, je dis à votre Johnnie ici présent de ne pas être pessimiste, de ne pas imaginer qu'il va finir en prison, mais au contraire d'avoir confiance, de croire en lui-même et de croire au public, il faut croire au public, parce qu'alors le public croit aussi en vous et vous ouvre ses bras et vous donne sa chemise au besoin et c'est ainsi qu'on fait de bonnes affaires, un grand pays, la démocratie et la prospérité !

Et il s'essuya les yeux parce qu'il était très sentimental et Clappy Frucht fut lui-même tellement ému qu'il lui rendit sa montre.

Et une foule immense continuait à se presser autour du gratte-ciel et attendait anxieusement des nouvelles de celui qui avait saisi si résolument dans sa main le flambeau des Nations Unies.

Mais le jour suivant les choses allèrent beaucoup moins bien pour Johnnie.

Ce ne fut pas du tout sa faute mais une conséquence inattendue des rapports si complexes qu'entretenaient les États-Unis et l'U.R.S.S. et aussi, un peu, la faute de la colombe qu'il aimait pourtant si tendrement et qui fut, sans le savoir, à l'origine des désordres graves qu'il nous faut consigner ici.

IX

Ce qui s'était passé avait pourtant commencé d'une manière en apparence insignifiante, bien que malencontreuse.

Quelqu'un, soit le vieux chef Hopi, soit Frankie avait laissé la porte de la pièce entrouverte, et la colombe, sans doute par mégarde, s'était envolée.

Plus exactement, elle était sortie de la pièce et, une fois dehors, attirée sans doute par l'azur du ciel que l'on apercevait de tous les côtés par les baies vitrées du bâtiment, elle avait pris le large.

Ou peut-être, mue par quelque étrange instinct, s'était-elle souvenue qu'elle était le symbole de la paix et, s'étant sentie chez elle dans le sanctuaire des Nations Unies, avait-elle décidé d'accomplir un petit tour de propriétaire.

Quoi qu'il en soit, les membres du Conseil de Sécurité, qui délibéraient paisiblement sur les dernières menaces infligées à la paix dans le monde, virent brusquement apparaître une colombe au-dessus de leur tête.

Pendant les premières minutes, personne ne dit rien, chaque délégué se croyant victime d'une hallucination.

Même lorsque la colombe se fut posée sur son crâne, le représentant de la Grande-Bretagne garda prudemment le silence. Il crut être victime d'une crise de surmenage et continua à examiner ses papiers d'un air détaché.

Ce fut seulement lorsqu'une clameur formidable s'éleva dans le public que les délégués durent se rendre enfin à l'évidence.

La séance fut précipitamment levée, le public invité à évacuer la salle et les gardes se ruèrent à la poursuite de la colombe.

L'oiseau affolé s'envola immédiatement dans les couloirs, après avoir semé le plus grand émoi dans un groupe de Papous qui avaient dressé leur tente dans les couloirs et d'adventistes du dernier jour qui visitaient le bâtiment. Ces pieuses personnes se jetèrent à genoux, attribuant l'apparition de la colombe sous le toit des Nations Unies à quelque manifestation surnaturelle. Puis le volatile alla faire un tour à la Commission de Désarmement où son arrivée provoqua une sensation voisine de la panique. Il se promena tranquillement sur les tables en déposant des fientes ici et là puis se rendit au bar de la presse où les journalistes le contemplèrent avec un certain intérêt.

Jakubovski, du P.R., se pencha vers Andrews, de l'I.R.S. et lui demanda :

— Est-ce que tu vois ce que je vois ?

— Et alors ? fit Andrews, avec mépris. Si tu crois que je fais attention à toutes les rumeurs qui volent par ici...

La colombe atterrit parmi les verres et commença à se promener avec assurance sous le nez des journalistes.

Jakubovski l'observa avec sympathie.

— Je sais ce que je ferais, moi, si j'étais une colombe de la paix en visite aux Nations Unies, suggéra-t-il amicalement. Je sais ce que je ferais...

Et il poussa son martini dans la direction de l'oiseau.

Les autres journalistes présents l'imitèrent et, au bout d'un quart d'heure, la colombe commença à donner des signes encourageants.

Elle bomba le torse, battit des ailes, se promena en roucoulant agressivement et en se frappant la poitrine devant les journalistes ravis. Soudain, elle prit son envol, sous leurs regards approbateurs.

— Je crois que ça va être intéressant, fit Jakubovski, rêveur.

Ce fut assez intéressant, en effet.

La colombe, fonçant à travers les airs avec intrépidité — vertu que l'on associe assez rarement à l'image de cet aimable oiseau — commença par voler tout droit au Conseil de Sécurité, où la séance avait été reprise avec toute la solennité et le souci des formes qui caractérisent les travaux de cet organisme.

Là, après avoir pris son élan, elle livra un assaut impitoyable à l'espèce de vautour qui figure sur la fresque derrière la table du Conseil et dans lequel certains voient également le phœnix de la guerre renaissant éternellement des cendres de la paix.

N'ayant obtenu aucune réaction de l'ennemi, la colombe, avec un roucoulement furieux, fonça tout droit sur le délégué de l'U.R.S.S., Ivan Ivanovitch Aïda-Oukhniem, et tenta de lui crever un œil, mais à peine le public et les journalistes qui suivaient le vol légèrement titubant de l'oiseau eurent-ils le temps de revenir de leur surprise que la colombe plongea sur le délégué des États-Unis, et, s'étant au passage soulagée sur la calvitie du Président, atterrit sur la tête du diplomate américain et se mit à la cribler de coups de bec violents en poussant quelque chose qui ressemblait fort à un chant de guerre.

Après quoi, le désordre à peine établi, tandis que la moitié des ambassadeurs et des hauts fonctionnaires du secrétariat lui donnaient la chasse, la colombe fonça comme une flèche au salon des délégués, sema la terreur au bar, où elle se revigora dans des verres abandonnés, et, avec un nouveau cri de triomphe, s'attaqua sans distinction aucune aux représentants des quatre-vingt-deux pays qui tenaient par petits groupes des conciliabules dont elle ne présageait sans doute rien de bon.

Ayant réussi à disperser l'ennemi, elle alla se percher sur la tête du barman et se frappa la poitrine avec ses ailes en émettant un roucoulement sauvage, ce qui permit aux délégués de se regrouper et de se ruer à l'assaut de la colombe avec une unanimité rarement obtenue aux Nations Unies.

Elle s'envola alors, assez lourdement, dans les couloirs, avec les délégués vociférants à ses trousses, qui brandissaient les poings et bondissaient sur les fauteuils dans le vain espoir de l'atteindre.

Elle alla ensuite atterrir sur le micro de la tribune dans la salle de l'Assemblée Générale en plein cœur de la séance. De là elle se mit à donner des coups de bec violents à l'orateur, interdisant pendant cinq bonnes minutes l'accès de l'estrade aux délégués.

À ce moment, même pour une Assemblée des Nations Unies, la confusion devint assez étonnante.

Le Président essaya d'atteindre l'orateur avec son marteau, mais ne réussit qu'à assommer à demi le délégué de l'U.R.S.S. qui était en train de parler, ce qui provoqua l'intervention immédiate de toutes les démocraties populaires, laquelle intervention fut à son tour suivie par une bagarre générale sur tous les bancs de l'Assemblée, tandis que le public hurlait en vain pour réclamer l'ordre.

Quant à la colombe, apparemment satisfaite de ce résultat et après s'être balancée triomphalement, mais assez dangereusement sur le micro, elle alla se percher sur les frises de la voûte, d'où elle se borna à faire de temps en temps de petits vols en piqué, juste ce qu'il fallait pour ajouter à la confusion générale.

Pendant que se déroulaient ces événements, Traquenard était en réunion avec ses deux collaborateurs les plus proches, le subtil Bagtir et le pratique Praiseworthy, dans son bureau du trente-deuxième étage.

Lorsque le chef des services de sécurité se précipita dans le bureau pour informer le secrétaire général qu'une colombe enragée était en train de semer la terreur et le désarroi dans le bâtiment, Traquenard ne parut pas le moins du monde surpris.

— Ha ! fit-il simplement. Une colombe aux Nations Unies ? C'est encore une provocation des colonialistes ! Faites distribuer aux gardes des fusils de chasse !

Mais le subtil Bagtir et le prudent Praiseworthy intervinrent immédiatement.

— Mon cher Charlie, dit Bagtir, très à l'aise dans son tweed gris qui s'harmonisait si bien avec la cendre de sa pipe et sa mine pleine de sérénité, je vous invite à un peu plus de discrétion. L'apparition d'une colombe enragée dans les couloirs des Nations Unies est certainement un phénomène regrettable, mais son expulsion *manu militari* me paraîtrait une grave erreur. Laissez-la faire tranquillement son nid sous notre toit. Il ne faut pas traiter les problèmes à chaud.

— Elle a failli crever un œil au délégué des États-Unis, dit sombrement le chef des gardes. Elle a attaqué le délégué de l'U.R.S.S. au moment même où il parlait de la volonté de paix du gouvernement soviétique.

Praiseworthy leva la main.

— Je crois que nous devons procéder avec beaucoup de délicatesse et de tact, dit-il. Vous savez que je suis partisan avant tout des méthodes diplomatiques traditionnelles. Pourquoi ne pas introduire discrètement, la nuit, quelques faucons bien dressés dans le bâtiment ? Je suis persuadé que dès le lendemain matin, tout rentrerait dans l'ordre.

Le secrétaire général Traquenard fut à ce point séduit par cette idée qu'il décrocha lui-même le téléphone, demanda la Société Protectrice des Animaux et, après avoir expliqué qu'il y avait une colombe enragée dans le bâtiment des Nations Unies, demanda qu'on lui envoyât d'urgence deux faucons bien dressés.

Cet épisode ne mériterait pas d'être signalé si ce n'est pour faire remarquer le profond désarroi dialectique d'une Organisation obligée parfois de défendre la paix les armes à la main.

X

Johnnie absorbé par de graves soucis ne s'aperçut pas immédiatement de la disparition de la colombe.

Celle-ci avait souvent l'habitude de se promener dans le sous-sol, et le bâtiment était conçu d'une telle façon que la moindre possibilité, pour l'oiseau, de parvenir à l'air libre, était *a priori* inimaginable.

Johnnie avait de graves raisons d'être soucieux.

Depuis la veille, toute allusion à « l'homme à la colombe » avait disparu des journaux.

Sonny Boy, le préposé aux ordures, arrivait tous les matins dans la petite pièce avec les éditions successives. Johnnie et lui se penchaient fiévreusement sur les pages : le jeune idéaliste du Texas n'y était nulle part mentionné.

Ce fut seulement lorsqu'il ouvrit les journaux du soir que la pénible vérité éclata comme une mine sous les pieds de Johnnie.

Naturellement, c'étaient les Russes.

A Moscou, la dépêche optimiste du délégué soviétique Ivan Ivanovitch Aïda-Oukhniem sur les perspectives radieuses d'une crise économique américaine avait produit le meilleur effet.

La presse soviétique félicitait chaleureusement le jeune progressiste du Texas et exprimait l'espoir que son exemple serait suivi par les masses laborieuses américaines dans les usines et dans les champs, et que l'Amérique renoncerait enfin à son expansion matérialiste et prendrait sa place aux côtés de l'Inde comme une grande puissance purement spirituelle.

Le résultat immédiat de cette maladresse fut que l'opinion publique américaine s'aperçut brusquement du danger et vit clairement comment la croisade de la faim de l'homme des Nations Unies s'inscrivait dans le grand plan soviétique de démoralisation de l'Occident et de sabotage de la puissance matérielle américaine.

Après vingt-quatre heures de réflexion la

presse effectuait donc un revirement stratégique complet et traitait Johnnie de membre de la cinquième colonne communiste et d'agent provocateur.

Le malheureux cow-boy fut tout à fait désorienté.

— Ils vont m'envoyer crever en Sibérie ! se lamentait-il, car la confusion autour de lui était telle qu'elle prenait même des formes géographiques.

— Frankie et Johnnie devant la commission d'enquête sur les activités antiaméricaines ! murmura avec ahurissement le grand chef Hopi, Thinking Horse. C'est la fin !

Et vite il porta le calumet de la paix à ses lèvres.

Seule la petite Frankie manifestait une certaine satisfaction à voir son cow-boy en difficulté, car c'est alors qu'il avait le plus besoin d'elle.

— Je te l'avais bien dit, je te l'avais bien dit ! répétait-elle. Ça t'apprendra à courir après les belles idées ! Tu crois que tu es assez fort pour leur sauter dessus et pour les mater, mais tu n'as pas le derrière assez solide pour ça, cow-boy ! Oh ! mon Johnnie, va-t'en vite d'ici, retourne dans mon Texas chéri, où il y a tout ce qu'il faut pour être heureux ! Je ne te dis pas que c'est un endroit où souffle l'esprit, mais c'est si beau d'y être et de s'y remuer librement. Il n'y a pas au monde un endroit plus agréable et plus accueillant pour un gars bien solide et qui veut bien se remuer !

Le grand chef Hopi faillit s'étouffer.

À la hâte, il ôta de ses lèvres le goulot du calumet de la paix et regarda Frankie avec désapprobation.

— Jeune fille, dit-il sévèrement, respectez mon poil blanc ! Je refuse d'entendre un mot de plus sur cet endroit dont vous me parlez, bien que je l'aie beaucoup fréquenté moi-même et que je m'y sois beaucoup amusé !

— Je parlerai de mon Texas chéri autant qu'il me plaira, dit Frankie.

Le grand chef Hopi Thinking Horse respira profondément.

— Jeune fille, dit-il, vous ne parliez pas du Texas. Je n'ai jamais entendu quelqu'un appeler cet endroit Texas. Jeune fille, respectez mon poil blanc.

— Qu'est-ce que votre poil blanc vient faire là-dedans ? demanda Frankie.

— Jeune fille, dit le grand chef Thinking Horse, d'une voix tremblante, je ne poursuivrai pas cette conversation une seconde de plus. J'ai déjà entendu beaucoup de noms appliqués à ce coin dont vous me parlez, mais c'est la première fois qu'on l'appelle Texas devant moi et j'ai vécu soixante-cinq ans !

— Mon coin à moi s'appelle Texas, et tout le monde sait ça qui y a jamais fourré le nez ! Vous ne pouvez pas en parler, vous ne l'avez jamais visité !

Le grand chef Hopi Thinking Horse ouvrit la bouche pour dire quelque chose, lorsque la porte s'ouvrit et Harry le Rat, Clappy Frucht, Schwapsie-Maxie et Rudi le Miteux, avec leurs cigares, leurs complets à carreaux et leurs chapeaux de travers se précipitèrent dans la petite pièce.

Schwapsie-Maxie avait encore les dés à la main.

— Johnnie, hurlèrent-ils, ils ont pincé la colombe ! On peut pas voir ça, ça nous brise le cœur ! Ils lui ont foutu des faucons au cul !

Johnnie les regarda bouche bée.

— Des quoi où ? s'étonna-t-il.

— Des faucons au cul ! bredouilla Schwapsie-Maxie, en pleurant. Ils sont allés chercher la Société Protectrice des Animaux, qui a envoyé des faucons et...

— Laissez-moi tout vous expliquer, interrompit Harry le Rat, en remuant violemment ses moustaches. On était justement en train de jouer au crap avec des délégués que Schwapsie-Maxie avait racolés au Conseil Économique et Social, lorsqu'on a entendu des hurlements. D'abord, on a cru qu'on assassinait seulement quelqu'un au Conseil de Sécurité et on a continué tranquillement à jouer, mais on a bien vu que c'était pas ça, à cause de tout le bruit qu'il y avait, c'était sûrement quelque chose de nouveau. Alors, on sort, et qu'est-ce qu'on voit ? La colombe qui file comme une flèche, avec des faucons qui lui cavalent après. Elle a filé au Conseil de Sécurité, comme une andouille, pensant probablement que là, elle serait à l'abri, et naturellement, les faucons, ils ont pas hésité, ils lui ont sauté dessus ! Heureusement, la colombe a pu se fourrer dans une bouche d'air et les faucons sont trop gros, ils peuvent pas entrer ! Mais ils l'attendent dehors. On a demandé aux délégués de faire quelque chose, mais ils ont dit qu'ils doivent demander d'abord des instructions à leurs gouvernements et qu'il faut d'abord élucider qui est avec qui, et quelle est la position des États-Unis là-dedans, et puis celle des Russes, pour ne pas se trouver tous par hasard du même côté. Alors, on est venu ici. On y va ?

— On y va ! hurla Johnnie sans hésiter et, d'un bond, il se précipita au secours de la colombe, suivi par Frankie, le grand chef Thinking Horse, Schwapsie-Maxie, Harry le Rat et tous les amis.

C'est ainsi que les délégués et le public virent apparaître dans la salle du Conseil de Sécurité un homme à demi nu, le crâne rasé, un drap de lit lui servant de toge, et qu'entouraient une bande d'individus dont l'aspect louche les frappa, même en ce lieu.

Johnnie fut immédiatement reconnu.

Il fut également reconnu par la colombe, laquelle fonça tout droit sur lui, se blottit dans ses bras, le cœur battant à tout rompre et lui couvrit le visage de petits coups de bec affectueux.

S'il y avait encore chez quelques naïfs des doutes sur les opinions politiques de Johnnie, la vue de la colombe qu'il tenait dans ses bras les éclaira définitivement.

C'était si manifestement l'oiseau que Picasso avait tant de fois dessiné pour les affiches et les réunions des organisations communistes que même s'ils n'avaient pas été au courant des encouragements que la presse soviétique prodiguait au locataire clandestin des Nations Unies, le spectacle de cet individu en train de brandir sous leur nez le symbole même de la subversion les eût éclairés définitivement.

D'un seul mouvement, les gardes, les délégués, et une partie du public se ruèrent sur Johnnie.

Frankie se jeta devant son cow-boy pour le protéger, tandis que Harry le Rat, Schwapsie-Maxie, Clappy Frucht et Rudi le Miteux formaient autour de lui une barrière de gardes du corps solides et résolus.

Harry le Rat parvint même à bondir sur la table du Conseil, et ayant vu récemment un film de Marlon Brando sur Jules César, il interpella ainsi les délégués :

— Amis ! Romains ! Citoyens ! Prêtez-moi l'oreille ! Nous sommes aussi capitalistes et démocrates que vous ! Nous sommes pour la prospérité ! Ce Johnnie-là n'est pas du tout un rouge, c'est un bon et honnête escroc dans la bonne vieille tradition de chez nous ! Il n'est pas subversif ! Il essaye seulement de faire une bonne affaire, comme vous et moi, car nous sommes tous des citoyens honorables ! Il ne cherche pas du tout à renverser les institutions américaines par la force, il est pour la prospérité et pour l'entreprise privée, il essaye seulement de se lancer ! Amis, Romains, Citoyens, vous pouvez me croire, car nous sommes tous des hommes honorables !

Mais ses paroles se perdirent dans la clameur générale et quinze minutes plus tard, Johnnie, Frankie, la colombe et le grand chef Hopi Thinking Horse étaient tous réunis au poste de police de la 42e Rue, cependant que Harry le Rat, Schwapsie-Maxie, Clappy Frucht et Rudi le Miteux étaient relâchés parce que la police les connaissait depuis longtemps et savait que leur activité n'avait rien de non américain.

La malchance voulut cependant qu'il y eût derrière la grille quelques mauvais garçons arrêtés pour attaque à main armée et qui furent à ce point indignés d'être placés en compagnie d'un mauvais citoyen, ennemi des institutions américaines, qu'ils assommèrent proprement Johnnie. Le pauvre cow-boy dut être transporté en hâte à l'hôpital avec la colombe qui avait un œil poché.

Fort heureusement, le lendemain matin,

lorsqu'il se réveilla à l'hôpital avec sa colombe bien-aimée serrée contre son sein, la conjoncture politique avait à nouveau changé et cette fois en faveur de notre héros, pour des raisons qu'il nous faut maintenant examiner avec cette attention impartiale que notre époque exige de la part de tous ceux qui sont forcés de la fréquenter.

XI

Nul n'ignore en effet qu'il existe entre les États-Unis et l'U.R.S.S. un *gentlemen's agreement* qui permet à ces deux grandes puissances de ne jamais être d'accord sur rien et de ne jamais adopter le même point de vue sur les affaires du monde, ceci afin de ne pas donner à leurs opinions publiques respectives l'impression d'un « nouveau Munich » et de ne pas créer un état d'affolement et d'insécurité dans leurs populations ni parmi leurs divers alliés et satellites.

Ceci exige naturellement des deux partenaires des contacts étroits et beaucoup de souplesse dans la manœuvre.

Si les contacts diplomatiques sont en effet maintenus entre les deux pays, c'est précisément pour éviter aux deux parties d'adopter, par manque de liaison et de coordination, la même position sur un problème quelconque, ce qui ne manquerait pas d'inquiéter profondément les opinions publiques des deux camps en présence, lesquelles croiraient, l'une, à la pénétration en U.R.S.S. des idées capitalistes, et l'autre, à une infiltration communiste dans les milieux dirigeants des États-Unis.

Seuls des rapports diplomatiques étroits, des réflexes rapides et une grande vigilance exercée sur leurs presses respectives permettent à ces deux grandes puissances de maintenir un front cohérent : leurs différends restent intacts, leurs alliés rassurés et leurs caractéristiques nationales à l'abri de toute fâcheuse confusion.

Tout cela, naturellement, impose aux deux partenaires une subtilité et une agilité peu communes dans la manœuvre : en effet, celui des deux gouvernements qui est le premier à adopter une position sur un problème donné force immédiatement l'autre à adopter une position exactement opposée, ce qui, en langage diplomatique, s'appelle « prendre l'initiative ».

Or, l'idée que, sous l'égide du jeune idéaliste du Texas, l'opinion publique américaine allait peut-être exiger de ses représentants de rompre avec le matérialisme qui avait été pendant si longtemps la base même de la puissance des États-Unis et de se consacrer désormais à la conquête des valeurs purement spirituelles avait à ce point enthousiasmé les dirigeants soviétiques, qu'ils avaient commis la lourde faute tactique d'encourager publiquement « l'homme à la colombe ».

Comprenant leur erreur, ils s'appliquèrent aussitôt à rétablir la popularité du cow-boy idéaliste aux États-Unis en le dénonçant comme un produit typique de la pourriture capitaliste.

Dans deux éditoriaux successifs la *Pravda* accusa Johnie d'être un agent des monopolistes américains et un instrument de leur mainmise sur l'Organisation des Nations Unies.

Les journalistes américains poussèrent un soupir de soulagement et lorsque le bon cowboy, après une nuit troublée, ouvrit la presse du matin, il se retrouva à nouveau en selle, aussi populaire qu'auparavant.

« Il est important que cet exemple de sacrifice désintéressé pour une grande et belle idée nous vienne du Texas, écrivait le *Morning Star*. Le Texas a été pendant longtemps et par excellence l'État des richesses périssables. Sa contribution à la puissance matérielle des États-Unis est connue. Il est encourageant de voir un esprit d'humilité et de renoncement couronner l'œuvre acquise et indiquer le désir de notre pays de parvenir au rang des puissances spirituelles aux côtés de la France et de l'Inde, pour la défense de valeurs plus durables que le pétrole et l'acier. Nous n'ignorons pas ce que le geste émanant de "l'homme à la colombe" a encore d'exceptionnel et d'isolé, mais nous ne pouvons demeurer insensibles à ce bourgeon de spiritualité qui vient d'éclore sous notre dure écorce matérialiste. »

Quant au « bourgeon de spiritualité », confortablement installé sur son lit d'hôpital, il était en train de dévorer des sandwichs au jambon que Frankie lui avait apportés.

— Je demeure en selle, observa-t-il avec satisfaction. Le rodéo continue. Je forcerai cette maudite idée à s'agenouiller et à mordre la poussière, je vais la mater même si je dois y laisser mon derrière !

— Oh, mon Johnnie, quelles vilaines choses tu dis là ! protesta Frankie. Qu'est-ce que je deviendrais si ça t'arrivait vraiment !

Le grand chef Hopi Thinking Horse qui était également en train de se restaurer hocha la tête.

— Si tu veux avoir mon avis, cow-boy, c'est le moment de plier bagage et de rentrer tranquillement chez toi. Entre la télévision, la radio et les dons du public, tu as maintenant dans les cinquante billets qui te sourient, personne ne peut plus dire que les Nations Unies n'ont servi à rien. Tu peux te retirer de l'affaire et vivre tranquillement avec ta Frankie, au lieu de risquer de te rompre le cou à cheval sur le bel idéal que tu essayes de mater. Tu ne serais pas le premier à qui ça arriverait.

Mais Johnnie croisa fièrement ses bras sur sa poitrine et promena autour de lui un regard conquérant.

— J'ai une mission à remplir, dit-il, et je la remplirai jusqu'au bout. Je suis ici le représentant de notre vieux bon sens américain, de notre réalisme goguenard et solide, et j'arriverai bien à faire triompher ces vieilles vertus de notre pays, même si notre crédulité, depuis Mark Twain, est devenue plus grande que je ne pensais. Je débarrasserai notre peuple de ses dangereuses illusions, dussé-je pour cela finir comme mon grand-père, enduit de goudron et de plumes et promené sur les épaules des victimes qu'il avait roulées ! Mes bons amis, je veux pouvoir retourner dans mon cher Texas la tête haute, après avoir prouvé à mon père que je ne suis plus le rêveur dangereux que j'étais avant et que l'idéal fumeux des Nations Unies n'a plus de prise sur moi !

La pauvre Frankie ne put s'empêcher de soupirer voluptueusement.

— Mon Johnnie, dit-elle, si tu savais comme ça m'est égal que tu retournes dans mon cher Texas la tête haute ou la tête basse, pourvu que tu y retournes une bonne fois, au lieu de rester toute la sainte journée avec ton maudit oiseau à la main !

Le grand chef Hopi Thinking Horse la regarda avec suspicion, mais ne dit rien.

Quant à Johnnie, il avait déjà saisi la colombe et sauté hors du lit.

XII

La sortie de Frankie et Johnnie, avec la colombe, de l'hôpital de Bellevue a été enregistrée par la télévision et les actualités et demeurera sans doute une des pages les plus émouvantes du folklore américain.

On voit le fils favori du nouveau Texas descendre pieds nus les marches de l'hôpital, un drap de lit jeté sur sa nudité, le crâne rasé et couvert de cendres, l'œil moqueur, un mauvais rictus aux lèvres, la colombe à la main, et on voit Frankie accrochée à son bras et visiblement épouvantée par l'enthousiasme populaire dont son cow-boy est l'objet.

Ils descendirent ainsi quelques marches, puis la foule se rua sur eux, les saisit et les porta en triomphe vers le siège des Nations Unies.

Dès qu'il se sentit soulevé sur les épaules

de ses admirateurs, Johnnie fit un effort décisif pour sonder l'abîme de la crédulité populaire qui avait déjà valu au monde tant de malheurs. Il voulut se rendre compte jusqu'où pouvaient aller les peuples dans leur refus de voir les supercheries, les abus de confiance et l'exploitation éhontée de leur besoin de paix et de fraternité.

— Amis ! hurla-t-il. Frères américains ! Je ne suis qu'un imposteur, un de plus sur votre chemin ! Je vous trompe ! Oui, moi aussi, je ne cherche qu'à vous gruger et à exploiter votre crédulité ! Ma grève de la faim n'est qu'une duperie de plus, voyez vous-mêmes, si vous avez des yeux !

Et, saisissant un gros sandwich au jambon qu'il tenait tout prêt sous le coude, il y mordit à belles dents.

Ce geste fut accueilli avec un enthousiasme extraordinaire.

Avec cette infaillibilité caractéristique des masses populaires devant les exemples d'intégrité politique, la foule comprit immédiatement que Johnnie se restaurait pour reprendre des forces afin de mieux continuer son jeûne.

Si bien que Johnnie avait beau s'emplir le ventre de bon pain blanc sous les yeux de la foule, les acclamations et les applaudissements continuaient à monter vers lui de tous les côtés.

La seule chose qui rassura quelque peu Johnnie et lui prouva que son message n'était pas perdu pour tout le monde fut la présence d'une petite troupe qu'il reconnut immédiatement et dont la vue réchauffa son cœur.

Il y avait là, en effet, un peu perdus dans la masse du public habituel des Nations Unies, une vingtaine de cow-boys que le Texas avait délégués tout exprès en renfort à son fils favori et qui venaient à son secours, le rire entre les dents.

Vêtus de leurs costumes traditionnels, montés sur leurs chevaux, les cow-boys brandissaient des banderoles au-dessus de la marée humaine qui se dirigeait vers le quartier général de l'idéalisme contemporain.

« Je pense, donc je suis », proclamait la pancarte brandie par un gaillard énorme aux flancs garnis de pistolets incrustés de nacre.

À côté de lui, un cow-boy trapu, barbu, un foulard autour du cou, et qui chiquait du tabac, levait une pancarte qui proclamait :

« Les cow-boys du Hell Canyon sont pour la colombe. »

Plus loin, deux bougres aux mines sombres, aux écharpes de couleur autour du cou, affirmaient :

« Les roseaux pensants de Gun Powder Plains apportent leur adhésion aux Nations Unies. »

D'autres pancartes s'inspiraient des mêmes sentiments nobles :

« À bas l'isolationnisme ! Les cow-boys de Black Water Ranch veulent souffrir avec le reste du monde ! »

« Le matérialisme est l'opium des peuples. »

« Les cow-boys progressistes de Little Rock s'inclinent avec respect devant la Charte de l'O.N.U. »

« Les pèlerins de la paix du Smoke Tree Ranch sont contre le matérialisme sordide. »

Et encore :

« Intellectuels de tous les pays unissez-vous ! » pancarte brandie par un colosse roux, borgne et légèrement éméché.

À la tête de cette réconfortante délégation venaient deux hommes âgés d'une soixantaine d'années, grands, bien bâtis et qui, sous leurs *gallon-hats*, avaient des visages marqués par un soleil généreux.

Ils se frayèrent un chemin jusqu'à Frankie et Johnnie.

— Je suis Buntch Buntchinson, dit l'un d'eux, et celui-là, c'est Cruntch Cruntchinson. Nous sommes les deux hommes les plus riches du Texas. Nous venons vous dire que nous sommes décidés à fermer nos puits et nos usines, afin de ne rien faire qui puisse contribuer au progrès de la puissance matérielle des États-Unis ! Nous voulons que les États-Unis deviennent enfin une puissance purement spirituelle, faisant taire ainsi les critiques dont nous sommes l'objet. Nous mettons nos fortunes à votre disposition. S'il le faut, nous nous laisserons nous-mêmes mourir de faim à vos côtés, pour nous réhabiliter ainsi aux yeux des intellectuels européens !

Mais c'est peut-être aux Nations Unies où la foule l'avait porté spontanément que l'accueil le plus émouvant attendait Frankie et Johnnie.

En effet, après des conciliabules qui avaient duré toute la nuit, le secrétaire général avait enfin accepté de suivre les conseils du sage Bagtir.

— La première chose à faire est d'obtenir

le retour du jeune idéaliste dans nos murs, avait dit cet homme perspicace et expérimenté dans les affaires de ce monde. Il ne faut surtout pas donner à l'opinion publique l'impression que nous sommes contre lui, que les Nations Unies refusent d'être la demeure de « l'homme à la colombe ». Nous devons donc l'accueillir ici publiquement et même solennellement, témoignant ainsi notre respect pour l'idéal qu'il défend et qui est après tout le nôtre, et canaliser ensuite discrètement vers nous l'enthousiasme et la sympathie qu'il soulève dans le monde et dont nous avons grand besoin. Quant au reste...

Il sourit et joua avec sa pipe.

— Vous pouvez être sûrs qu'une fois ici, entre ces murs, il cessera d'être très rapidement un problème ; il va s'user, cesser d'intéresser, passer dans la routine de l'Organisation et disparaître peu à peu... L'essentiel, ainsi que je l'ai dit dès le début, est de l'annexer. Ensuite, nous n'aurons plus guère à nous en préoccuper : il deviendra très rapidement une abstraction... Après tout, c'est là une des raisons de notre succès : transformer les problèmes et les réalités en abstractions, les vider de tout contenu concret... Il faut qu'il revienne ici, qu'il reprenne sa place parmi nous, et l'atmosphère du lieu fera son œuvre.

Aussi, lorsque Frankie et Johnnie, portés en triomphe sur les épaules de leurs admirateurs, apparurent devant le gratte-ciel de l'East River, le secrétaire général Traquenard, assisté par son Chef du Protocole et ses adjoints Bagtir et Praiseworthy, tous en jaquette et pantalon rayé, vint-il à leur rencontre sur les marches pour les accueillir.

À leurs côtés, vêtus de leurs plus beaux costumes à carreaux, avec leurs plus grosses bagues aux doigts et leur plus gros cigare aux lèvres, se tenaient Harry le Rat, Clappy Frucht, Schwapsie-Maxie, Rudi le Miteux et tous les autres experts techniques de l'Organisation.

Johnnie monta quelques marches et, se tournant vers l'assistance, essaya pour la dernière fois, d'une voix pathétique et presque effrayée, d'arracher au bon peuple américain le voile qui lui couvrait les yeux.

— Amis ! cria-t-il, frères américains ! N'avez-vous donc plus d'yeux pour voir, plus d'oreilles pour écouter ? N'avez-vous donc plus de dents pour rire, plus de cœur pour sentir ce qui est vrai et ce qui est faux ? Ne voyez-vous pas que je ne suis qu'un imposteur, qu'un parasite de votre espoir et un profiteur de votre crédulité ? Ma grève de la faim, je ne la fais qu'en paroles ! Tout ça, c'est des mots, des mots, des mots !

Mais les acclamations de la foule couvrirent sa voix et ceux qui l'entendirent furent profondément émus par ce signe de modestie, de sincérité et d'humilité.

Ce discours enthousiasma également les délégués, membres de l'Organisation, qui furent tous d'accord pour prédire à Johnnie un grand avenir politique.

Le bon cow-boy, cette fois visiblement inquiet, se laissa alors conduire vers la Salle de Méditation, où il fut solennellement installé sur un petit tapis de prière, sous l'objectif de la télévision.

Là, serrant la colombe contre lui, un bol de cendres à portée de la main, il demeura assis, les jambes croisées, parmi les hauts dignitaires qui l'entouraient.

— Bon, bon, murmura-t-il. Ça ne leur suffit donc pas... Eh bien, j'irai encore plus loin. J'irai aussi loin qu'il le faudra.

Et il demanda que l'on fît venir devant lui

le délégué soviétique, Ivan Ivanovitch Aïda-Oukhniem.

— Je vais lui parler le langage de la colombe, annonça-t-il.

Ivan Ivanovitch Aïda-Oukhniem accourut immédiatement.

Il avait reçu de Moscou l'instruction de s'opposer énergiquement à toute initiative de l'homme à la colombe, afin de ne pas compromettre ses chances de succès aux États-Unis.

Pendant qu'il trottait allégrement dans les couloirs du bâtiment, Ivan Ivanovitch ne put s'empêcher d'évoquer l'image d'une Amérique entièrement détachée des biens matériels, entièrement vouée à la poursuite des valeurs purement spirituelles.

Il était même possible d'entrevoir — très loin à l'horizon, il est vrai, mais discernable — une Amérique entièrement désarmée et réfugiée derrière la seule puissance des Nations Unies, comme les populations de Byzance dans la cathédrale de Sainte-Sophie, à l'approche des troupes turques de Mohammed.

Au-delà...

Ivan Ivanovitch Aïda-Oukhniem volait littéralement vers la Salle de Méditation, en fredonnant l'air de la vieille marche militaire russe : « Voici que retentit enfin le tonnerre de la victoire. »

Lorsqu'il vit entrer le délégué de l'U.R.S.S., les yeux du représentant du nouveau Texas s'emplirent de douceur.

Puis il lui parla le langage de la colombe :

— Pourquoi cette distinction si cruelle entre l'Est et l'Ouest, Russes et Américains, communistes et capitalistes ? Ne plantons-nous pas le même blé ? Ne caressons-nous pas les mêmes chiens ? Nos forêts murmurent-elles dans un autre langage ? Dans nos champs, le soir, nos vaches trop pleines mugissent-elles d'une autre voix que les vôtres ? La même rosée palpitante ne monte-t-elle pas chaque soir sur nos fleurs les plus humbles ? Nos contes de nourrice ne nous promettent-ils pas, eux aussi, le bonheur ? Ne sommes-nous pas tous frères, enfin ?

À quoi Ivan Ivanovitch répondit froidement, en croisant les bras sur la poitrine :

— Les efforts du représentant de la clique monopoliste du Texas pour calomnier les réalisations du socialisme et les comparer à des contes de nourrice seront accueillis dans les pays vraiment démocratiques avec le mépris qu'ils méritent.

La colombe ferma les yeux. Johnnie la pressa contre lui et se jeta un peu de cendre sur la tête.

Les journalistes des Nations Unies, qui avaient toujours prédit que ça allait finir comme ça, se pressaient avec gratitude autour de lui.

Ils avaient le sentiment que l'Organisation touchait enfin au but.

Quant à Johnnie, il paraissait plongé dans un état de stupéfaction voisin de la panique et, ce soir-là, lorsque ses amis se réunirent autour de lui, un verre à la main, pour célébrer son retour et que Schwapsie-Maxie porta un toast à sa santé et à la santé de tous ceux qui l'avaient aidé à placer définitivement l'O.N.U. au rang de la plus grande attraction mondiale, le héros de la fête resta effaré, l'œil ahuri, n'ouvrant la bouche que pour grommeler quelques propos sinistres sur l'étonnante crédulité populaire.

— Mais enfin, murmurait-il, ne s'apercevront-ils donc jamais de rien ? Le ridicule et l'évidence de l'échec n'ont donc pas de prise sur eux ? Leur idéalisme est-il donc vraiment plus fort que toutes les déceptions ? Ne voient-ils donc pas que je suis un escroc de plus sur le chemin de l'humanité, et vivant aux crochets d'une belle idée ?

Frankie, qui se tenait à côté de lui et qui l'observait, en sirotant son whisky, finit alors par s'inquiéter réellement.

— Oh ! mon Johnnie, s'écria-t-elle. Tu ne vas pas commencer à vouloir être honnête, à présent ? Après tous les soucis que tu as déjà causés à ton pauvre père ?

Ce fut seulement lorsque Pipkin, le mécanicien, Miserabski, le préposé au chauffage et Sonny Boy, le préposé aux ordures, formèrent cercle autour de lui et, sous la direction de Clappy Frucht, chantèrent tous en chœur l'hymne des Nations Unies :

Nothing succeeds like success[1]

sous l'œil bienveillant du vieux chef Hopi, qui se tenait assis par terre, le calumet de la paix à la main, que le fils favori du Texas reprit un peu courage.

Il promena autour de lui un regard noir,

1. Rien ne réussit comme le succès.

croisa les bras sur sa poitrine, leva le menton et annonça :

— Bon, on verra qui sera le plus fort, un solide cow-boy américain ou une maudite idée ! Je les forcerai, moi, à voir qu'il ne s'agit que d'une duperie de plus sur le chemin de l'humanité et que je ne suis qu'un charlatan !

Alors Harry le Rat le regarda avec reproche, ôta le cigare de ses lèvres, remua un instant ses moustaches, puis se tourna vers l'assistance et dit :

— Parfois, mesdames et messieurs, il y a comme ça un gars qui a trimé dur toute sa vie pour devenir quelqu'un et quand ça lui arrive, quand il devient vraiment quelqu'un, un grand homme, comme notre Johnnie ici présent, il veut pas y croire, parce qu'il est resté modeste et simple, et plein d'humilité, comme sa sainte mère l'a élevé. Il devient un grand homme, mais il ose pas encore y croire, même quand c'est le public qui le lui dit. Et alors, là naturellement, mesdames et messieurs, il a tort, parce que le public sait toujours mieux, c'est lui qui achète, c'est lui le preneur, c'est lui le souverain, c'est lui qui décide, c'est ça la démocratie. Et voilà pourquoi je te demande une fois pour toutes, Johnnie, de ne plus nous gueuler que tu es un vulgaire escroc et un charlatan, parce que ça, c'est ce que tu dis, mais si le public dit le contraire, c'est lui qui a raison, parce qu'il est le public et qu'il paye toujours pour tout, c'est lui qui décide, et quand il dit c'est blanc, c'est blanc, même quand ça a l'air noir, il sait mieux. Et tu as beau être tordu, le public peut te faire paraître droit, et tu as beau avoir de l'argent, il peut t'en donner encore et comme Al Capone me disait jadis, si le public veut faire de l'or avec le vent, il peut, c'est lui le preneur, c'est lui le peuple souverain, c'est lui qui décide et alors les moulins à vent deviennent un placement sûr, vas-y. Et pour conclure, mesdames et messieurs, tout ce que je tiens à ajouter, c'est que notre Johnnie ici présent est maintenant un grand homme, et un grand Américain et peut-être même un saint homme, si le public le dit, parce que moi qui vous parle je suis seulement Harry le Rat qui n'a jamais vu une affaire honnête dans sa vie, alors, qui suis-je, pour décider ce qui est honnête et ce qui ne l'est pas ? Et maintenant, mesdames et messieurs, excusez-moi si je verse quelques larmes, parce que je suis ému et que c'est un plaisir et un honneur d'être ici ce soir, parmi vous !

Et il prit un mouchoir propre dans la poche d'un voisin et s'essuya les yeux. Ses moustaches remuaient plus que jamais.

XIII

Il serait vain de vouloir rappeler ici toutes les aventures de l'homme à la colombe que les journaux racontèrent à l'époque avec tant de détails et de sympathie.

Il nous suffira peut-être de rappeler l'enlèvement éphémère du cow-boy par les Filles de l'Évolution Américaine, cette puissante organisation d'aide et de soutien aux Nations Unies.

Ayant remarqué à quel point le maître était accaparé par la foule, qui l'empêchait de méditer sur les malheurs du monde avec toute la sérénité nécessaire, le comité directeur de cette association connue pour son attachement farouche à l'idéal des Nations Unies prit une décision énergique.

Un matin, alors que Johnnie était en train de se chauffer au soleil, assis sur les marches du bâtiment, et devisait avec les fidèles, une caravane de trois Cadillac s'arrêta devant le perron.

Douze dames énergiques vêtues de saris en descendirent, prirent le Maître sous les bras et le firent monter poliment mais fermement dans une des voitures.

Il fut amené dans une demeure de Long Island et installé dans une chambre luxueuse, à l'abri de toute nourriture terrestre, cependant qu'un maître d'hôtel lui présentait de la cendre sur un plateau d'argent et qu'une garde vigilante de deux Filles de l'Évolution Américaine était montée à sa porte jour et nuit.

Au bout de quarante-huit heures, Johnnie eut tellement faim qu'il commença à regarder la colombe d'un drôle d'œil.

Fort heureusement, il eut l'idée d'attacher un message à la patte de son amie ailée et celle-ci partit comme une flèche, par la fenêtre, vers les Nations Unies, où elle alla se jeter dans les bras d'un Schwapsie-Maxie affolé.

Immédiatement, les secours s'organisèrent. Sous la direction de Harry le Rat, Schwapsie Maxie, Clappy Frucht et Rudi le Miteux arrivaient sur les lieux, enfonçaient la porte revolver au poing, libéraient Johnnie et, après un bref arrêt-buffet en ville, le ramenaient avec la colombe triomphante dans le gratte-ciel de l'East River.

À partir de ce jour, Johnnie devint l'attraction la plus populaire des Nations Unies.

Une foule enthousiaste se pressait du matin au soir aux portes de la salle de Méditation où le fils favori du nouveau Texas était assis sur un petit tapis de prière et donnait à chaque visiteur la colombe à baiser.

À midi, il se levait et allait déjeuner en toute simplicité à la cafétéria, avec les autres employés du secrétariat. Les gens étaient à ce point habitués à la différence qui régnait aux Nations Unies entre les paroles et les actes, entre ce qu'on disait et ce qu'on faisait, que personne ne s'étonnait de voir le cow-boy faire la grève de la faim et manger en même temps deux repas par jour.

Une ou deux fois dans la journée, lorsqu'il se sentait inspiré, il accomplissait devant le public le numéro traditionnel d'escamotage, fréquemment exécuté à la tribune de l'Assemblée : il consiste à grimper le long d'une corde dressée sans aucun soutien apparent et à disparaître ensuite dans le vide.

Il était clair que l'Organisation était sur le point de réaliser sa destinée, qui était de devenir la plus grande attraction touristique des États-Unis, malgré la concurrence de Disneyland.

Au cours d'une réunion confidentielle avec ses collaborateurs, le secrétaire général Traquenard, à présent tout à fait rassuré, étudia la possibilité d'augmenter encore le nombre d'entrées en installant une patinoire dans la salle du Conseil de Sécurité et une piste circulaire dans la salle de l'Assemblée. Les délégués pourraient s'ébattre librement sous les yeux du public sans être gênés par les dimensions restreintes de la tribune.

Le subtil et perspicace Bagtir descendait souvent dans la Salle de Méditation, et observait le cow-boy d'un œil attentif, en fumant sa pipe ; il sentait que le moment était proche où l'atmosphère de l'endroit prouverait son efficacité.

Lorsque ses collègues lui demandaient ce qu'il attendait au juste, il aspirait la fumée, souriait un peu mystérieusement et se contentait de répondre :

— Inch'Allah.

Lorsqu'il eut dépassé un mois de jeûne, la

municipalité de New York offrit, à celui qui était devenu l'incarnation vivante et le symbole des Nations Unies, un banquet solennel ; il fut ensuite reçu officiellement par les autorités de la ville, et on put ainsi voir Frankie et Johnnie, Frankie toute mignonne dans son sari émeraude qui s'harmonisait à merveille avec ses cheveux roux, et Johnnie, sombre et résolu, dans sa tenue dépouillée, traverser Broadway et Wall Street sous une pluie de papier, en compagnie du secrétaire général Traquenard, en jaquette et haut-de-forme, de Schwapsie-Maxie et de Clappy Frucht — Harry le Rat et Rudi le Miteux étaient restés à la mairie où ils avaient quelques petites affaires à régler.

Mais lorsque, huit jours plus tard, une réception analogue fut offerte à Johnnie chez le Président du Conseil de Sécurité, Frankie n'était plus à ses côtés.

Elle avait fait la veille sa petite valise et, pleurant un peu, elle était retournée au Texas, persuadée qu'elle avait perdu pour toujours son Johnnie.

Avant de partir, elle avait fait une dernière tentative pour le décider à retourner avec elle.

— Oh ! mon Johnnie, le supplia-t-elle, allons-nous-en vite d'ici ! Je ne sais pas ce qu'il y a, mais j'ai peur ! Tu me diras que je suis bien bête, et que j'ai tort de me montrer émue, mais tu fais parfois une drôle de tête, lorsque les gens t'acclament à l'O.N.U. ! Je sais bien que c'est seulement pour rire, que tu es tout à fait guéri, mais je craindrai que ça finisse mal, aussi longtemps que tu resteras ici !

Et il était exact que depuis quelque temps Johnnie avait un air de plus en plus étrange.

Une expression de souffrance passait de temps en temps dans ses yeux et une fois, au milieu de la nuit, le vieux Thinking Horse qui s'était levé pour uriner surprit le jeune idéaliste du Texas en train d'embrasser le drapeau des Nations Unies.

Le grand chef Hopi eut tellement peur que son envie d'uriner disparut complètement pour plusieurs jours.

— Qu'est-ce qu'il y a, cow-boy, qu'est-ce qui te prend ?

— J'ai soif d'intégrité spirituelle ! murmura Johnnie.

— Attention, cow-boy ! Attention ! C'est comme ça qu'on gâche une bonne affaire !

— Le prestige des élites intellectuelles américaines est en jeu, murmura Johnnie. Le monde entier a les yeux fixés sur nous... Nous devons occuper le terrain idéologique... Je vais démontrer à ceux qui en doutent que les élites américaines sont capables de porter la responsabilité que l'histoire a placée sur leurs épaules ! L'humanité est en péril, nous devons la tirer de là !

Thinking Horse leva les bras au ciel.

— Il y a deux mille ans, quelqu'un a déjà essayé, et en voilà un autre qui veut y réussir avec l'aide américaine !

— On nous a assez critiqués, assez calomniés, murmurait Johnnie. On nous a assez accusés d'être égoïstes, matérialistes, intéressés... Je vais leur montrer qu'un bon cow-boy est capable aussi de se sacrifier sur l'autel des valeurs sprituelles...

Le vieux Peau-Rouge l'aida à s'allonger et courut prévenir Frankie. Celle-ci passa la nuit au chevet de Johnnie et le lendemain, le jeune géant intellectuel alla beaucoup mieux.

Mais Frankie se montra cette fois résolue à en finir.

— Pour la dernière fois, mon Johnnie, veux-tu quitter ce maudit endroit, revenir avec moi au Texas, reprendre ton cheval et ton vrai métier ? Vas-tu enfin te rappeler comment un vrai cow-boy fait l'amour, au lieu de t'exciter du matin au soir sur des idées qui sont peut-être très belles, mais qui n'ont ni bras, ni peau, ni lèvres, ni...

— Jeune fille, jeune fille ! gueula le vieux chef Hopi. Respectez mon poil blanc !

— Je ne m'intéresse pas à votre poil blanc ! cria Frankie, en pleurant. La seule chose qui m'intéresse, c'est mon Johnnie !

Mais le bon cow-boy ne l'écoutait même pas.

Serrant la colombe sur sa poitrine, il avait vraiment la mine de quelqu'un qui est déjà loin.

— C'est la plus belle idée du monde, murmura-t-il, le visage illuminé par la ferveur idéaliste. Je ne la laisserai pas mourir sous mes yeux. On l'a ridiculisée, bafouée, moquée, humiliée, et pourtant, elle demeure intacte et aussi belle que jamais ! Et vous savez pourquoi ? Parce que l'idéal des Nations Unies n'est pas ici, dans ce gratte-ciel vide : il est dans le cœur populaire, et là, il ne peut rien lui arriver !

Alors Frankie l'embrassa pour la dernière

fois, prit sa valise et, pleurant un peu, quitta son Johnnie.

Elle résista à toutes les tentatives du grand chef Hopi pour la retenir.

— Je savais bien que ça allait finir comme ça ! dit-elle, en essuyant ses larmes, voilà ce que c'est, pour un bon cow-boy, de courir après les idées ! Si c'était encore d'une autre fille qu'il était amoureux, je pourrais me défendre, lutter, lui griffer les yeux au besoin, mais que voulez-vous que je fasse contre une belle idée ? On ne peut pas la tuer et plus elle est blessée, plus elle excite les hommes, c'est connu ! Adieu, adieu mon Johnnie ! Notre bonheur ne pouvait pas durer : il était trop connu ! Frankie et Johnnie étaient trop heureux ensemble, et on ne pouvait nous le pardonner ! Alors, ils nous ont suppliés de les aider, de les sauver, et ils nous ont expliqué que nous n'étions pas assez nobles, pas assez intellectuels, pas assez inspirés, pas assez désintéressés ! Alors, on a fait un gros effort, et voilà le résultat, voilà que nos G.I. se mettent à faire la grève de la faim pour prouver qu'ils ont de l'esprit ! Adieu, mon Johnnie !

— Il lui a toujours manqué une bonne formation idéologique ! murmura Johnnie.

C'est ainsi que le pauvre cow-boy demeura tout seul sur son petit tapis au milieu de la Salle de Méditation, serrant la colombe contre son sein, plongé dans une réflexion profonde, cherchant le meilleur moyen de voler au secours du monde et de montrer aux peuples émerveillés jusqu'où un cow-boy résolu pouvait aller dans la défense des valeurs spirituelles.

Et le vieux chef Hopi demeurait à ses côtés, veillant jour et nuit sur cet héritier des pionniers intrépides qui avaient su imposer leur loi aux plus sauvages tribus d'Indiens — aux Comanches et aux Navajos, aux Apaches et aux Sioux, et à ses propres ancêtres Hopi — mais qui était à présent réduit à cet état lamentable par une belle idée.

Le grand chef Hopi n'éprouvait aucun sentiment de satisfaction, encore moins de revanche, mais il ne pouvait s'empêcher de penser que si les Nations Unies avaient existé au début du siècle passé, elles auraient su s'opposer aux entreprises des pionniers colonialistes. Les cavaliers Sioux, Apaches, Navajos et Hopi continueraient à sillonner le pays et à scalper tranquillement leurs adversaires. Pas une ville ne jetterait son ombre sur le continent américain.

De temps en temps, il soupirait et portait le calumet de la paix à ses lèvres.

— Et dire, murmurait-il, qu'on avait tout ce qu'il fallait pour être heureux ! Mais non, il a fallu qu'il nous vienne une conscience mondiale !

Il surveillait attentivement son ami et le laissait seul le moins possible, dormant à côté de lui, roulé dans une couverture, au milieu de la Salle de Méditation bleue et lunaire.

Le jeune pionnier du Far West se tenait sur son tapis, les jambes croisées, les yeux pleins d'une étrange douceur.

— Ils nous ont assez critiqués, assez calomniés ! murmurait-il. Je vais leur prouver qu'ils nous sous-estiment et que nos intellectuels sont aussi capables de faire don de leur personne à l'humanité !

Le vieux Peau-Rouge hocha tristement la tête.

— On n'aurait jamais dû laisser nos G.I. stationner en Europe ! se lamenta-t-il. Voilà dans quel état ils nous sont revenus !

Une nuit, alors que le grand chef Hopi s'était assoupi, Johnnie se leva tout doucement, prit la colombe, traversa les couloirs vides où flottait un brouillard bleuâtre, et descendit au sous-sol.

Là, il emprunta le petit escalier qui mène à la chambre des machines, ouvrit la porte à coulisse au-dessus du poste de contrôle et se glissa dans les entrailles mêmes du gratte-ciel, cet enchevêtrement inextricable de tuyaux et de conduites de toutes sortes qui sont les artères vitales de l'Organisation.

Il s'enfonça là-dedans aussi profondément qu'il le put et resta là, éperdu d'amour, d'idéalisme et d'espoir, serrant un tuyau d'évacuation d'air contre son cœur.

Il avait répandu des miettes de pain autour de lui, mais la colombe refusait d'y toucher, et demeurait à ses côtés, les yeux fermés, la tête rentrée sous ses plumes.

Il souffrit un peu de la faim, mais sa ferveur idéaliste et sa volonté de sauver la plus belle idée du monde de la triste fin qui la menaçait étaient telles que, rapidement, il ne sentit plus qu'une exaltation merveilleuse et un sourire de ravissement vint illuminer son pauvre visage.

Il demeura là, convaincu que lorsque la nouvelle de sa grève de la faim allait être connue, tous les peuples du monde allaient se porter au secours des Nations Unies et du grand espoir humain qui agonisait lentement dans le gratte-ciel de la 42e Rue.

Il eut, bien entendu, quelques moments difficiles, mais il puisa du courage dans la certitude qu'on allait lui élever une statue au Texas et que son nom serait immortalisé dans les ballades populaires que les cow-boys chantent le soir autour du feu.

Parfois, cela ne suffisait pas et le courage lui manquait, et alors il pensait à Davy Crockett, à Daniel Boone et à tous les autres grands pionniers qui avaient ouvert à l'Amérique des horizons nouveaux.

Parfois il pensait à Frankie et son cœur se serrait un peu, et il regrettait qu'elle n'eût pas reçu une éducation meilleure qui lui eût permis de se trouver à ses côtés pour montrer aux hommes le chemin d'un monde meilleur.

On le chercha partout, mais il ne fut découvert que douze jours plus tard, par un mécanicien qui faisait son inspection mensuelle et qui trouva le jeune idéaliste un sourire aux lèvres, serrant contre son cœur un tuyau d'évacuation.

Il était déjà très affaibli.

La colombe à demi morte était blottie contre lui.

D'une voix à peine perceptible il exprima le souhait d'être transporté dans la Salle de Méditation, où il demeura prostré dans un état d'extase idéaliste au milieu d'une foule recueillie.

XIV

Le 24 octobre est, aux Nations Unies, un jour traditionnellement consacré par les délégués et les membres du secrétariat aux ablutions, au jeûne et à la récitation en famille des versets du Coran et de la Charte, et de la Boujhivata.

Cette année, la présence sur les lieux du cow-boy idéaliste du Texas décidé à réaliser autour de lui un monde meilleur et qui était manifestement sur le point de réussir dans sa tentative, donnait à la fête une pompe et une solennité exceptionnelles.

Johnnie était à ce point épuisé par son jeûne que la foule stationnait jour et nuit devant le bâtiment de la Première Avenue, dans l'attente du dénouement et vivant avec une émotion intense l'apothéose du jeune Américain qui avait mis haut son espoir dans les Nations Unies.

Au milieu de la foule, on remarquait, debout sur les toits de leurs autos, les bookmakers qui gesticulaient inlassablement, échangeant des signaux d'un bout à l'autre de l'avenue, acceptant des paris sur le jour, l'heure et la minute probables de l'événement.

Les parieurs etaient nombreux et la cote penchait fortement en faveur de Johnnie : il était en effet clair que l'héritier de Lindbergh allait bientôt accomplir sa traversée solitaire et qu'il allait parvenir à un monde meilleur avec plusieurs têtes d'avance sur les Nations Unies, dont les trente-deux étages continuaient à élever tranquillement leur façade de verre au-dessus du petit homme égaré dans leurs entrailles.

Des marchands de glace, de limonade, de saucisses signalaient à haute voix leur présence, et, dans le ciel, comme pour souligner encore cette heure d'extase spirituelle, un avion publicitaire inscrivait en lettres de fumée blanche le nom d'un produit contre les mauvaises odeurs du corps.

Vers les trois heures de l'après-midi un camion précédé de deux agents motocyclistes sortit du tunnel d'accès aux Nations Unies et s'arrêta devant l'Entrée des Délégués.

Une douzaine de cow-boys sautèrent à terre, deux d'entre eux abaissèrent la passerelle à l'arrière du camion et Frankie en descendit, conduisant par la bride un superbe cheval blanc dont la selle de rodéo était incrustée de nacre.

Un grand homme maigre au visage osseux brûlé par le soleil sauta à terre, rejeta son *gallon-hat* en arrière et mesura du regard le bâtiment des Nations Unies comme on toise un adversaire avant le combat.

— J'espère que nous n'arrivons pas trop tard, dit-il. Il faut tout faire pour le sortir de là.

Frankie leva également vers le gratte-ciel qui emprisonnait son Johnnie un petit visage à la fois triste et décidé. Elle regarda un instant sa rivale, plus dangereuse que toutes les Nellie Bly de la terre et secoua ses boucles rousses tout en mastiquant résolument son chewing-gum pour se donner du courage.

Elle portait un large chapeau de feutre à la jugulaire serrée sous le menton, des bottes, un revolver à la ceinture et caressait doucement le museau du cheval blanc de son cowboy bien-aimé.

— Allons-y, Tony, dit-elle à l'oreille de la

bête, essaye de sauver ton maître. La seule chose qui peut le rappeler à ses sens, c'est la vue de son cheval. Mais hélas, il est plongé depuis si longtemps dans cette atmosphère irréelle qu'il a dû perdre tout souvenir de la terre et que ni son chien, ni sa Frankie, ne peuvent plus rien pour lui. Il est enfoui depuis si longtemps dans cette machine à faire le vide qu'il ne doit plus se rappeler ce qu'est une prairie, l'air pur et mes lèvres sur les siennes. Mais s'il y a une chose qui peut lui rendre le goût de la terre, c'est bien la vue de son cheval. C'est notre dernière chance, essayons-la.

Et, précédée par les douze cow-boys et le père de Johnnie qui se frayaient un passage à travers la foule, elle entra dans le bâtiment, en tirant par la bride le cheval de son pauvre amant.

Les couloirs des Nations Unies avaient été envahis depuis le matin par des milliers d'hommes et de femmes tous tournés vers la porte de la Salle de Méditation, dans une attitude d'attente et de ferveur, les bras tendus, les yeux exorbités par l'espoir et par des visions ineffables de paix et d'amour entre les peuples.

Les plus exaltés interpellaient la foule, l'invitaient à suivre Johnnie dans la voie du sacrifice, du jeûne et de la spiritualité, et à dresser contre la vague montante de la barbarie matérialiste le barrage indestructible de l'idéalisme et des sentiments élevés ; d'autres, les yeux mi-clos, la tête rasée et couverte de cendres, un drap jeté sur leur nudité, communiaient à haute voix avec le Hing et le Hong, les deux principes yogi culminants de la transcendance métaphysique pré-astrale.

Çà et là, des diplomates occidentaux erraient lamentablement, présentant la joue gauche.

Des hommes d'affaires, descendus de Wall Street, mal rasés, la cravate de travers, annonçaient, debout sur leurs chaises, la montée en flèche des cours des valeurs spirituelles à la bourse et, se frappant la poitrine, se confessaient publiquement, racontant comment ils avaient travaillé à l'expansion de l'industrie automobile, ou comment ils en étaient arrivés, peu à peu, à produire jusqu'à mille réfrigérateurs par jour, contribuant ainsi sans scrupules au triomphe du matérialisme sordide dans le monde.

Vêtues de saris multicolores, les Filles de

l'Évolution Américaine se tenaient accroupies par petits groupes pittoresques, devisant, filant de la laine et vantant la sagesse et la sainteté du Gourou des Nations Unies.

On entendait de tous les côtés le mugissement des vaches sacrées, don à l'Organisation des cow-boys du Texas.

Par les grandes baies vitrées on voyait la foule des fidèles se plonger dans les eaux de l'East River auxquelles la proximité du bâtiment de l'O.N.U. conférait une vertu rédemptrice.

On apercevait de temps en temps le délégué soviétique Ivan Ivanovitch Aïda-Oukhniem, qui allait et venait dans la foule, caressant la tête des enfants, encourageant d'un bon sourire ces transports idéalistes et sifflotant parfois l'air de la vieille marche militaire russe « Voici que retentit enfin le tonnerre de la victoire. »

Les douze cow-boys plongèrent dans tout cela résolument et Frankie, tenant le cheval Tony par la bride, arriva à la porte de la Salle de Méditation, suivie par le père de Johnnie.

Là, les membres du secrétariat, le visage illuminé par la reconnaissance, s'interpellaient, se congratulaient, se confessaient, se frappaient la poitrine, ou demeuraient immobiles, les bras ouverts, tendus vers la porte, dans de véritables transes d'extase et d'espoir.

— Connaissez-vous la grande nouvelle ? Khrouchtchev et Boulganine ont promis de se retirer dans un monastère, si Johnnie consent à manger un peu de purée !

— Telle est la puissance de l'esprit !

Frankie poussa la porte et, tenant toujours par la bride le cheval Tony, entra dans la Salle de Méditation.

Une odeur d'étable la saisit à la gorge et elle entendit le mugissement des vaches sacrées dont la bouse était offerte à l'adoration des fidèles.

Dans un coin, très entouré, le sage et subtil Bagtir recevait les félicitations des hauts fonctionnaires de l'Organisation.

À tous les compliments et à tous les éloges qui lui étaient adressés pour sa perspicacité, il répondait avec modestie, en levant les deux mains comme pour se défendre :

— Inch'Allah !

Des éclairs de magnésium éblouirent un instant Frankie, et les cow-boys qui la précédaient durent écarter les photographes à grands coups de pied pour lui ouvrir un passage.

Puis elle vit.

Le pionnier spirituel du Texas se tenait assis, les jambes croisées, au milieu de la salle.

C'est-à-dire, il n'était pas à proprement parler assis : il croisait bien les jambes, mais il y avait, dans sa position, quelque chose d'étrange, qu'elle ne comprit pas tout de suite : le bon cow-boy semblait flotter au-dessus du sol dans une position assise au lieu d'être assis dans le propre sens de ce terme.

Il était soutenu, ou plutôt retenu des deux côtés, par Schwapsie-Maxie et Clappy Frucht, qui devaient faire des efforts pour l'empêcher de se renverser.

Il serrait dans ses bras la colombe, qui levait vers son visage des yeux éperdus et implorants.

Le grand chef Thinking Horse se tenait accroupi à côté de lui, dans sa tenue Hopi, les plumes en éventail sur sa tête, tenant une assiette de purée à la main.

— Allons, cow-boy, mange un peu de purée...

Mais le jeune idéaliste américain dont le

visage brillait de toutes les couleurs de l'arc-en-ciel de l'espoir — vert, bleu, rouge et jaune — tournait son regard vers quelque point imperceptible de l'horizon.

Ses yeux étaient exorbités par la contemplation des perspectives ineffables.

Son corps était animé d'un mouvement bizarre comme s'il tendait à basculer, et Schwapsie-Maxie et Clappy Frucht le tenaient fermement par les deux bras.

Frankie se jeta vers son bien-aimé.

— Oh, mon Johnnie ! cria-t-elle. C'est moi, c'est ta Frankie ! Me reconnais-tu ?

Mais Johnnie ne lui répondit que par quelques propos inspirés touchant le droit des peuples à disposer d'eux-mêmes.

— C'est trop tard, ma fille, dit le vieux chef Thinking Horse, en secouant sa tête grise, tu arrives trop tard, avec tes lèvres fraîches, tes cheveux parfumés et tout ce monde meilleur que seuls les bras ouverts d'une femme peuvent offrir à un homme sur cette terre. Il n'a plus ce qu'il faut pour l'apprécier.

— Oh, mon Johnnie, cria Frankie, ne me reconnais-tu donc pas ? Je suis celle qui t'aime, je viens pour te ramener chez toi.

Mais le vieux chef Thinking Horse secoua tristement la tête.

— C'est trop tard, ma fille, répéta-t-il. Il n'a plus ce qu'il faut.

— Oh, mon Johnnie ! cria alors la pauvre fille, le visage couvert de larmes. Est-ce vrai, ce qu'il me dit là ? Ils ont donc vraiment réussi à te désincarner complètement ? N'as-tu plus là où il faut ces deux poids solides que la nature a donnés aux hommes pour les garder sur terre ? N'as-tu vraiment plus rien au ventre de ce qui fait un bon cow-boy ?

Cette fois, une douce lueur de compréhension éclaira le visage ascétique de Johnnie et il présenta à Frankie la colombe blottie entre ses cuisses.

— Oh non ! cria la pauvre Frankie. C'est trop affreux !

— Hé, que veux-tu, ma fille, dit Thinking Horse avec philosophie. C'est tout ce qui lui reste. Le plus bel idéaliste du monde ne peut te donner que ce qu'il a.

Ce fut alors que Frankie décida d'employer le dernier moyen qui lui restait pour sauver son homme.

Elle saisit la bride du bon cheval Tony qu'il avait tant aimé et sur lequel il avait si souvent galopé à travers les grands espaces de son Texas natal.

— Allons, debout, cria-t-elle. Voilà ton bon cheval Tony. Allons, cow-boy, saute en selle, et sauve-toi vite d'ici !

Mais le vieux chef Hopi secoua tristement la tête.

— C'est trop tard, ma fille, dit-il. Il ne peut pas sauter en selle, parce qu'il ne lui reste plus de cul. L'endroit a fait son œuvre. Comme beaucoup de choses concrètes et sûres dont on parle aux Nations Unies et qui se volatilisent dès qu'elles font leur entrée dans ces murs — son cul s'est volatilisé aussi ! Il est devenu une abstraction. Regarde...

Et se penchant sur Johnnie, il passa plusieurs fois la main à travers ce qui avait encore une forme, un dessin, mais plus de consistance.

Frankie resta un moment pétrifiée d'horreur, puis se voila la face...

— Oh, Johnnie ! cria-t-elle. Tu étais mon homme et tu m'as trahie !

— Oui, ma fille, dit Thinking Horse avec sympathie. Je comprends ce que tu ressens. Et il ne peut même plus revenir au Texas, comme tu le vois. Que veux-tu que fasse au

Texas un garçon qui n'a pas de cul ? Il ne pourra gagner sa vie ni honnêtement, ni malhonnêtement, et tout le monde se méfiera de lui. Peut-être même se fera-t-il accuser d'activités antiaméricaines. Tout au plus pourra-t-il faire un cours de littérature dans une Université. Eh oui, que veux-tu, c'est une chose qui arrive fréquemment aux Nations Unies. Les choses les plus concrètes deviennent ici des abstractions — le pain, la paix, la fraternité, les droits de la personne humaine — les choses les plus solides se volatilisent et deviennent des mots, de l'air, une tournure de style — on en parle, on en parle et à la fin, tout cela devient une abstraction, on peut passer la main à travers : il n'y a plus rien. C'est la méthode classique qu'emploie l'Organisation pour se débarrasser des problèmes, et voilà la méthode qu'elle a employée pour se débarrasser de Johnnie. Et voilà comment, ma fille, un pauvre cow-boy peut y perdre son cul — tu vois, il y a bien encore une forme, un dessin, même une espèce de sourire, mais on peut passer la main au travers, ce n'est plus un bon vieux cul d'homme. Ce n'est donc pas la peine de lui amener son cheval, il ne peut plus s'asseoir dessus. Et ce n'est pas tout, car l'abstraction monte rapidement et il se volatilise de plus en plus, et si Schwapsie-Maxie et Clappy Frucht ne le retenaient pas, il s'envolerait dans les nuages et se perdrait dans le bel azur de l'idéal, mais avec les idéalistes, c'est toujours le cul qui disparaît le premier, car c'est ce que les hommes ont de plus terrestre.

— Couvrez-le ! cria le père de Johnnie. Je ne veux pas voir ça ! Ah ! J'aurais dû me douter qu'il allait finir comme ça quand il a voté pour Adlai Stevenson !

Et les autres cow-boys regardaient prudemment autour d'eux, se tâtaient soigneusement et paraissaient assez inquiets.

Le malheureux Johnnie, qui avait perdu son centre de gravité, se balançait entre les mains de Schwapsie-Maxie et de Clappy Frucht et menaçait tout le temps de se retourner.

— Retenez-le bien ! cria Frankie. Oh ! mon Johnnie, reste avec moi ! Je sais bien que tu n'as plus de... Mais qui sait, ça va peut-être repousser ! Je ferai tout ce qu'il faut pour ça !

Elle s'agenouilla auprès de son cow-boy, le prit dans ses pauvres bras, le serra tendrement contre elle, mais Johnnie ne revenait pas.

— Ma pauvre Frankie, dit Thinking Horse. Hélas, il n'est plus à toi, il appartient aux Nations Unies, car son royaume n'est plus de ce monde !

Et malgré toutes ses caresses et tout son amour bien terrestre, Frankie n'arrivait pas à refaire ce qui avait été défait, et Johnnie, privé de son centre de gravité, continuait à se balancer dangereusement, se retournant parfois complètement et demeurant suspendu, la tête en bas, entre les mains de Schwapsie-Maxie et de Clappy Frucht.

— Qu'on lui mette son costume de cow-boy ! cria alors le père de Johnnie. Peut-être qu'à ce contact bien terrestre, il reprendra... ses esprits !

Avec beaucoup de peine, ils firent revêtir à Johnnie ses bottes, sa veste de cow-boy et son large pantalon du pays.

On lui mit son chapeau sur la tête, une écharpe autour du cou, on le lesta de pistolets solides, pour qu'il pût se tenir debout.

On le plaça sur son cheval fidèle, dans l'espoir qu'il retrouverait ainsi ce dont tous les cow-boys du monde sont si heureusement nantis.

Et tous les autres *vaqueros*, se rangeant autour de Johnnie, lui chantèrent en chœur les ballades du vieux pays.

Mais tout ce qu'ils eurent en réponse, sur ses lèvres déjà pâlies, fut un discours sur les Droits de l'Homme, et un bout de la Charte aussi.

Et lorsque, d'une main inquiète, ils le tâtaient par moments, ils voyaient bien que ce n'était pas uniquement la tête qu'il avait perdue...

Frankie, agenouillée près de son homme, leva les yeux vers lui et, d'une voix pleine de larmes, lui parla ainsi :

— Mon Johnnie, fais un effort, redeviens comme tu étais, car j'aime mieux te voir mort que privé de ta dignité ! Reviens avec moi au Texas, là-bas tout s'arrangera, dans cet État si solide, tu verras que ça repoussera. Cela ne fait pas l'ombre d'un doute : s'il existe au monde un pays où ce que tu as perdu se retrouve, c'est bien notre Texas chéri ! Oui, s'il est un endroit sur terre où ce qui te manque peut repousser, c'est certainement notre vieux Texas, c'est là-bas qu'il nous faut aller !

Or Tony, le cheval fidèle, passé le premier étonnement, ne reconnut pas son maître, qu'il connaissait pourtant si intimement.

Et sentant sur son dos ce manque, ce fantôme si vide et léger, il poussa un hennissement terrible et se mit aussitôt à ruer.

On vit alors le pauvre cow-boy s'élever dans le ciel verticalement et, sa tête pesant plus que le reste, se renverser complètement.

Tout le monde se jeta à son aide, mais la malchance voulut qu'au même moment éclatât le feu d'artifice célébrant la fête des Nations Unies.

On vit étinceler les mots « Droits de l'Homme » et les mots « Liberté de l'Esprit » et les mots « sur toute la terre, liberté et démocratie ».

Et sur le visage du bon cow-boy, soudain, alors, rayonna une expression de joie ineffable, et il tendit vite les deux bras.

Tout doucement il s'envola par la fenêtre, flottant ainsi, les bras tendus, monta vers les belles lettres, au-dessus de la Première Avenue.

Comme une mouche vole vers le miel, dans un irrésistible élan, il commença de s'élever au ciel, souriant avec ravissement.

Mais Frankie, vive comme l'éclair, ne se

laissa pas traiter ainsi, et, saisissant son six-shooter — rooty — toot — toot ! elle tira sur Johnnie.

— Je ne me laisserai pas faire, je ne me laisserai pas voler mon amant ! J'aime mieux te voir sous terre que livré à tous les vents !

— Laisse donc ton revolver ! cria Thinking Horse à Frankie. Une balle ne peut plus rien lui faire, car tout est abstrait chez lui !

Mais il se trompait.

Car s'il y a une chose qui ne deviendra jamais abstraite chez un bon cow-boy américain, c'est son cœur.

Et voilà pourquoi un instant plus tard Frankie était agenouillée dans la rue, pleurant sur son pauvre amour terrestre.

— Mon Johnnie, lui dit-elle, en serrant son cow-boy dans ses bras, je n'ai pas pu te garder en selle, mais il y a autre chose que je peux faire pour toi.

Je vais te ramener au Texas, t'enterrer dans un champ de blé, te rendre à cette bonne terre que tu n'aurais jamais dû quitter.

Nous irons de porte en porte, racontant ce qui est arrivé à Johnnie, le bon cow-boy, qui aimait les belles idées.

Parcourant l'Amérique entière, ton cheval,

ton père et moi, nous montrerons ton pauvre derrière, et tout le monde comprendra.

Et tous les Johnnie de la terre, et toutes les Frankie aussi, comprendront dans quelle triste affaire, mon Johnnie, tu t'étais mis.

La colombe est enterrée avec lui.

DU MÊME AUTEUR

Aux Éditions Gallimard

LE GRAND VESTIAIRE, *roman* (« Folio », *n° 1678*).

LES COULEURS DU JOUR, *roman.*

ÉDUCATION EUROPÉENNE, *roman* (« Folio », *n° 203*).

LES RACINES DU CIEL, *roman* (« Folio », *n° 242*).

TULIPE, *récit.* Édition définitive en 1970 (« Folio », *n° 3197*).

LA PROMESSE DE L'AUBE, *récit.* Édition définitive en 1980 (« Folio », *n° 373*).

JOHNNIE CŒUR. Comédie en deux actes et neuf tableaux.

GLOIRE À NOS ILLUSTRES PIONNIERS. (Les oiseaux vont mourir au pérou), *nouvelles.*

LADY L., *roman.* (« Folio », *n° 304*).

FRÈRE OCÉAN :

I. POUR SGANARELLE. Recherche d'un personnage et d'un roman, *essai* (« Folio », *n° 3903.*

II. LA DANSE DE GENGIS COHN, *roman* (« Folio », *n° 2730*).

III. LA TÊTE COUPABLE, *roman.* Édition définitive (« Folio », *n° 1204*).

LA COMÉDIE AMÉRICAINE :

I. LES MANGEURS D'ÉTOILES, *roman* (« Folio », *n° 1257*).

II. ADIEU GARY COOPER, *roman* (« Folio », *n° 2328*).

CHIEN BLANC, *roman* (« Folio », *n° 50*).

LES TRÉSORS DE LA MER ROUGE, *récit.*

EUROPA, *roman.*

EUROPA *précédé de* Note pour l'édition américaine d'EUROPA, traduit de l'anglais par Paul Audi (« Folio », *n° 3273*).

LES ENCHANTEURS, *roman* (« Folio », *n° 1904*).

LA NUIT SERA CALME, *récit* (« Folio », *n° 719*).

LES TÊTES DE STÉPHANIE, *roman*. Nouvelle édition en 1977 de l'ouvrage paru sous le pseudonyme de Shatan Bogat (« Folio », *n° 946*).

AU-DELÀ DE CETTE LIMITE VOTRE TICKET N'EST PLUS VALABLE, *roman* (« Folio », *n° 1048*).

LES OISEAUX VONT MOURIR AU PÉROU (Gloire à nos illustres pionniers) (« Folio », *n° 668*).

UNE PAGE D'HISTOIRE ET AUTRES NOUVELLES, extrait de LES OISEAUX VONT MOURIR AU PÉROU (« Folio à 2 €, *n° 3759*).

CLAIR DE FEMME, *roman* (« Folio », *n° 1367*).

CHARGE D'ÂME, *roman* (« Folio », *n° 3015*).

LA BONNE MOITIÉ. Comédie dramatique en deux actes.

LES CLOWNS LYRIQUES, *roman*. Nouvelle version de l'ouvrage paru en 1952 sous le titre *Les Couleurs du jour* (« Folio », *n° 2084*).

LES CERFS-VOLANTS, *roman* (« Folio », *n° 1467*).

VIE ET MORT D'ÉMILE AJAR.

L'HOMME À LA COLOMBE, *roman*. Version de l'ouvrage paru en 1958 sous le pseudonyme de Fosco Sinibaldi.

L'ÉDUCATION EUROPÉENNE, *suivi de* LES RACINES DU CIEL *et de* LA PROMESSE DE L'AUBE. *Avant-propos de Bertrand Poirot-Delpech* (« Biblos »).

ODE À L'HOMME QUI FUT LA FRANCE ET AUTRES TEXTES AUTOUR DU GÉNÉRAL DE GAULLE. *Édition de Paul Audi* (« Folio », *n° 3371*).

LE GRAND VESTIAIRE. *Illustrations d'André Verret* (« Futuropolis/Gallimard »).

Aux Éditions Mercure de France

sous le pseudonyme d'Émile Ajar

GROS-CÂLIN, *roman* (repris dans « Folio », *n° 906*).

LA VIE DEVANT SOI, *roman* (repris dans « Folio », *n° 1362*; « La Bibliothèque Gallimard », *n° 102. Accompagnement critique par Domenica Brassel et Patrick Garcia*).

PSEUDO, *récit.*

L'ANGOISSE DU ROI SALOMON, *roman.* (repris dans « Folio », *n° 1797*).

ŒUVRES COMPLÈTES D'ÉMILE AJAR *Préface de Romain Gary* : « Vie et mort d'Émile Ajar (coll. « Mille Pages »).

L'IMAGINAIRE

GALLIMARD

Axée sur les constructions de l'imagination, cette collection vous invite à découvrir les textes les plus originaux des littératures romanesques française et étrangères.

Volumes parus

339. Marc Bernard : *Au-delà de l'absence.*
340. Jean Giono : *Les terrasses de l'île d'Elbe.*
341. André Breton : *Perspective cavalière.*
342. Rachilde : *La Marquise de Sade.*
343. Marcel Arland : *Terres étrangères.*
344. Paul Morand : *Tendres stocks.*
345. Paul Léautaud : *Amours.*
346. Adrienne Monnier : *Les gazettes (1923-1945).*
347. Guillaume Apollinaire : *L'Arbre à soie et autres Échos du* Mercure de France *(1917-1918).*
348. Léon-Paul Fargue : *Déjeuners de soleil.*
349. Henri Calet : *Monsieur Paul.*
350. Max Jacob : *Le terrain Bouchaballe.*
351. Violette Leduc : *La Bâtarde.*
352. Pierre Drieu la Rochelle : *La comédie de Charleroi.*
353. André Hardellet : *Le parc des Archers* suivi de *Lady Long Solo.*
354. Alfred Jarry : *L'amour en visites.*
355. Jules Supervielle : *L'Arche de Noé.*
356. Victor Segalen : *Peintures.*
357. Marcel Jouhandeau : *Monsieur Godeau intime.*
358. Roger Nimier : *Les épées.*
359. Paul Léautaud : *Le petit ami.*
360. Paul Valéry : *Lettres à quelques-uns.*
361. Guillaume Apollinaire : *Tendre comme le souvenir.*
362. J.M.G. Le Clézio : *Les Géants.*
363. Jacques Audiberti : *Les jardins et les fleuves.*
364. Louise de Vilmorin : *Histoire d'aimer.*

365. Léon-Paul Fargue : *Dîner de lune.*
366. Maurice Sachs : *La chasse à courre.*
367. Jean Grenier : *Voir Naples.*
368. Valery Larbaud : *Aux couleurs de Rome.*
369. Marcel Schwob : *Cœur double.*
370. Aragon : *Les aventures de Télémaque.*
371. Jacques Stephen Alexis : *Les arbres musiciens.*
372. André Pieyre de Mandiargues : *Porte dévergondée.*
373. Philippe Soupault : *Le nègre.*
374. Philippe Soupault : *Les dernières nuits de Paris.*
375. Michel Leiris : *Mots sans mémoire.*
376. Daniel-Henry Kahnweiler : *Entretiens avec Francis Crémieux.*
377. Jules Supervielle : *Premiers pas de l'univers.*
378. Louise de Vilmorin : *La lettre dans un taxi.*
379. Henri Michaux : *Passages.*
380. Georges Bataille : *Le Coupable* suivi de *L'Alleluiah.*
381. Aragon : *Théâtre/Roman.*
382. Paul Morand : *Tais-toi.*
383. Raymond Guérin : *La tête vide.*
384. Jean Grenier : *Inspirations méditerranéennes.*
385. Jean Tardieu : *On vient chercher Monsieur Jean.*
386. Jules Renard : *L'œil clair.*
387. Marcel Jouhandeau : *La jeunesse de Théophile.*
388. Eugène Dabit : *Villa Oasis ou Les faux bourgeois.*
389. André Beucler : *La ville anonyme.*
390. Léon-Paul Fargue : *Refuges.*
391. J.M.G. Le Clézio : *Terra Amata.*
393. Jean Giraudoux : *Les contes d'un matin.*
394. J.M.G. Le Clézio : *L'inconnu sur la terre.*
395. Jean Paulhan : *Les causes célèbres.*
396. André Pieyre de Mandiargues : *La motocyclette.*
397. Louis Guilloux : *Labyrinthe.*
398. Jean Giono : *Cœurs, passions, caractères.*
399. Pablo Picasso : *Les quatre petites filles.*
400. Clément Rosset : *Lettre sur les Chimpanzés.*
401. Louise de Vilmorin : *Le lit à colonnes.*
402. Jean Blanzat : *L'Iguane.*
403. Henry de Montherlant : *Les Bestiaires.*
404. Jean Prévost : *Les frères Bouquinquant.*

405. Paul Verlaine : *Les mémoires d'un veuf.*
406. Louis-Ferdinand Céline : *Semmelweis.*
407. Léon-Paul Fargue : *Méandres.*
408. Vladimir Maïakovski : *Lettres à Lili Brik (1917-1930).*
409. Unica Zürn : *L'Homme-Jasmin.*
410. V.S. Naipaul : *Miguel Street.*
411. Jean Schlumberger : *Le lion devenu vieux.*
412. William Faulkner : *Absalon, Absalon !*
413. Jules Romains : *Puissances de Paris.*
414. Iouri Kazakov : *La petite gare et autres nouvelles.*
415. Alexandre Vialatte : *Le fidèle Berger.*
416. Louis-René des Forêts : *Ostinato.*
417. Edith Wharton : *Chez les heureux du monde.*
418. Marguerite Duras : *Abahn Sabana David.*
419. André Hardellet : *Les chasseurs I et II.*
420. Maurice Blanchot : *L'attente l'oubli.*
421. Frederic Prokosch : *La tempête et l'écho.*
422. Violette Leduc : *La chasse à l'amour.*
423. Michel Leiris : *À cor et à cri.*
424. Clarice Lispector : *Le bâtisseur de ruines.*
425. Philippe Sollers : *Nombres.*
426. Hermann Broch : *Les Irresponsables.*
427. Jean Grenier : *Lettres d'Égypte, 1950,* suivi de *Un été au Liban.*
428. Henri Calet : *Le bouquet.*
429. Iouri Tynianov : *Le Disgracié.*
430. André Gide : *Ainsi soit-il* ou *Les jeux sont faits.*
431. Philippe Sollers : *Lois.*
432. Antonin Artaud : *Van Gogh, le suicidé de la société.*
433. André Pieyre de Mandiargues : *Sous la lame.*
434. Thomas Hardy : *Les petites ironies de la vie.*
435. Gilbert Keith Chesterton : *Le Napoléon de Notting Hill.*
436. Theodor Fontane : *Effi Briest.*
437. Bruno Schulz : *Le sanatorium au croque-mort.*
438. André Hardellet : *Oneïros* ou *La belle lurette.*
439. William Faulkner : *Si je t'oublie, Jérusalem. Les palmiers. sauvages.*
440. Charlotte Brontë : *Le professeur.*
441. Philippe Sollers : *H.*
442. Louis-Ferdinand Céline : *Ballets sans musique, sans rien*, précédé de *Secrets dans l'île* et suivi de *Progrès.*

443. Conrad Aiken : *Au-dessus de l'abysse.*
444. Jean Forton : *L'épingle du jeu.*
446. Edith Wharton : *Voyage au Maroc.*
447. Italo Svevo : *Une vie.*
448. Thomas de Quincey : *La nonne militaire d'Espagne.*
449. Anne Brontë : *Agnès Grey.*
450. Stig Dagerman : *Le serpent.*
451. August Strindberg : *Inferno.*
452. Paul Morand : *Hécate et ses chiens.*
453. Theodor Francis Powys : *Le Capitaine Patch.*
454. Salvador Dali : *La vie secrète de Salvador Dali.*
455. Edith Wharton : *Le fils et autres nouvelles.*
456. John Dos Passos : *La belle vie.*
457. Juliette Drouet : *« Mon grand petit homme... ».*
458. Michel Leiris : *Nuits sans nuit.*
459. Frederic Prokosch : *Béatrice Cenci.*
460. Leonardo Sciascia : *Les oncles de Sicile.*
461. Rabindranath Tagore : *Le Vagabond et autres histoires.*
462. Thomas de Quincey : *De l'Assassinat considéré comme un des Beaux-Arts.*
463. Jean Potocki : *Manuscrit trouvé à Saragosse.*
464. Boris Vian : *Vercoquin et le plancton.*
465. Gilbert Keith Chesterton : *Le nommé Jeudi.*
466. Iris Murdoch : *Pâques sanglantes.*
467. Rabindranath Tagore : *Le naufrage.*
468. José Maria Arguedas : *Les fleuves profonds.*
469. Truman Capote : *Les Muses parlent.*
470. Thomas Bernhard : *La cave.*
471. Ernst von Salomon : *Le destin de A.D.*
472. Gilbert Keith Chesterton : *Le Club des Métiers bizarres.*
473. Eugène Ionesco : *La photo du colonel.*
474. André Gide : *Le voyage d'Urien.*
475. Julio Cortázar : *Octaèdre.*
476. Bohumil Hrabal : *La chevelure sacrifiée.*
477. Sylvia Townsend Warner : *Une lubie de Monsieur Fortune.*
478. Jean Tardieu : *Le Professeur Frœppel.*
479. Joseph Roth : *Conte de la 1002e nuit.*
480. Kôbô Abe : *Cahier Kangourou.*
481. Rainer Maria Rilke, Boris Pasternak, Marina Tsvétaïeva : *Correspondance à trois.*

482. Philippe Soupault : *Histoire d'un blanc.*
483. Malcolm de Chazal : *La vie filtrée.*
484. Henri Thomas : *Le seau à charbon.*
485. Flannery O'Connor : *L'habitude d'être.*
486. Erskine Caldwell : *Un pauvre type.*
487. Florence Delay : *Minuit sur les jeux.*
488. Sylvia Townsend Warner : *Le cœur pur.*
489. Joao Ubaldo Ribeiro : *Sergent Getulio.*
490. Thomas Bernhard : *Béton.*
491. Iris Murdoch : *Le prince noir.*
492. Christian Dotremont : *La pierre et l'oreiller.*
493. Henri Michaux : *Façons d'endormi, Façons d'éveillé.*
494. Meša Selimović : *Le derviche et la mort.*
495. Francis Ponge : *Nioque de l'avant-printemps.*
496. Julio Cortázar : *Tous les feux le feu.*
497. William Styron : *Un lit de ténèbres.*
498. Joseph Roth : *La toile d'araignée.*
499. Marc Bernard : *Vacances.*
500. Romain Gary : *L'homme à la colombe.*
501. Maurice Blanchot : *Aminadab.*
502. Jean Rhys : *La prisonnière des Sargasses.*
503. Jane Austen : *L'Abbaye de Northanger.*
504. D.H. Lawrence : *Jack dans la brousse.*
505. Ivan Bounine : *L'amour de Mitia.*
506. Thomas Raucat : *L'honorable partie de campagne.*
507. Frederic Prokosch : *Hasards de l'Arabie heureuse.*
508. Julio Cortázar : *Fin de jeu.*
509. Bruno Schulz : *Les boutiques de cannelle.*
510. Pierre Bost : *Monsieur Ladmiral va bientôt mourir.*
511. Paul Nizan : *Le cheval de Troie.*
512. Thomas Bernhard : *Corrections.*
513. Jean Rhys : *Voyage dans les ténèbres.*
514. Alberto Moravia : *Le quadrille des masques.*
515. Hermann Ungar : *Les hommes mutilés.*
516. Giorgi Bassani : *Le héron.*
517. Marguerite Radclyffe Hall : *Le puits de solitude.*
518. Joyce Mansour : *Histoires nocives.*
519. Eugène Dabit : *Le mal de vivre.*
520. Alberto Savinio : *Toute la vie.*
521. Hugo von Hofmannsthal : *Andréas et autres récits.*

522. Charles-Ferdinand Ramuz : *Vie de Samuel Belet.*
523. Lieou Ngo : *Pérégrinations d'un clochard.*
524. Hermann Broch : *Le tentateur.*
525. Louis-René des Forêts : *Pas à pas jusqu'au dernier.*
526. Bernard Noël : *Le 19 octobre 1977.*
527. Jean Giono : *Les trois arbres de Palzem.*
528. Amos Tutuola : *L'ivrogne dans la brousse.*
529. Marcel Jouhandeau : *De l'abjection.*
530. Raymond Guérin : *Quand vient la fin.*
531. Mercè Rodoreda : *La place du diamant.*
532. Henry Miller : *Les livres de ma vie.*
533. R. L. Stevenson : *Ollala des montagnes.*
534. Ödön von Horváth : *Un fils de notre temps.*
535. Rudyard Kipling : *La lumière qui s'éteint.*
536. Shelby Foote : *Tourbillon.*
537. Maurice Sachs : *Alias.*
538. Paul Morand : *Les extravagants.*
539. Seishi Yokomizo : *La hache, le koto et le chrysanthème.*
540. Vladimir Makanine : *La brèche.*
541. Robert Walser : *La promenade.*
542. Elio Vittorini : *Les hommes et les autres.*
543. Nedim Gürsel : *Un long été à Istanbul.*
544. James Bowles : *Deux dames sérieuses.*
545. Paul Bowles : *Réveillon à Tanger.*
546. Hervé Guibert : *Mauve le vierge.*
547. Louis-Ferdinand Céline : *Maudits soupirs pour une autre fois.*
548. Thomas Bernhard : *L'origine.*
549. J. Rodolfo Wilcock : *Le stéréoscope des solitaires.*
550. Thomas Bernhard : *Le souffle.*
551. Beppe Fenoglio : *La paie du samedi.*
552. James M. Cain : *Mildred Pierce.*
553. Alfred Döblin : *Voyage babylonien.*
554. Pierre Guyotat : *Prostitution.*
555. John Dos Passos : *La grande époque.*
556. Cesare Pavese : *Avant que le coq chante.*
557. Ferdinando Camon : *Apothéose.*
558. Pierre Drieu La Rochelle : *Blèche.*
559. Paul Morand : *Fin de siècle.*
560. Juan Marsé : *Le fantôme du cinéma Roxy.*

561. Salvatore Satta : *La véranda.*
562. Erskine Caldwell : *Toute la vérité.*
563. Donald Windham : *Canicule.*
564. Camilo José Cela : *Lazarillo de Tormes.*
565. Jean Giono : *Faust au village.*
566. Ivy Compton-Burnett : *Des hommes et des femmes.*
567. Alejo Carpentier : *Le recours de la méthode.*
568. Michel de Ghelderode : *Sortilèges.*
569. Mercè Rodoreda : *La mort et le printemps.*
570. Mercè Rodoreda : *Tant et tant de guerre.*
571. Peter Matthiessen : *En liberté dans les champs du Seigneur.*
572. Damon Runyon : *Nocturnes dans Broadway.*
573. Iris Murdoch : *Une tête coupée.*
574. Jean Cocteau : *Tour du monde en 80 jours.*
575. Juan Rulfo : *Le coq d'or.*
576. Joseph Conrad : *La rescousse.*
577. Jaroslav Hasek : *Dernières aventures du brave soldat Chvéïk.*
578. Jean-Loup Trassard : *L'ancolie.*
579. Panaït Istrati : *Nerrantsoula.*
580. Ana Maria Matute : *Le temps.*
581. Thomas Bernhard : *Extinction.*
582. Donald Barthelme : *La ville est triste.*
583. Philippe Soupault : *Le grand homme.*
584. Robert Walser : *La rose.*
585. Pablo Neruda : *Né pour naître.*
586. Thomas Hardy : *Le trompette-Major.*
587. Pierre Bergounioux : *L'orphelin.*
588. Marguerite Duras : *Nathalie Granger.*
589. Jean Tardieu : *Les tours de Trébizonde.*
590. Stéphane Mallarmé : *Thèmes anglais pour toutes les grammaires.*
591. Sherwood Anderson : *Winesburg-en-Ohio.*
592. Luigi Pirandello : *Vieille Sicile.*
593. Apollinaire : *Lettres à Lou.*
594. Emmanuel Berl : *Présence des morts.*
595. Charles-Ferdinand Ramuz : *La séparation des races.*
596. Michel Chaillou : *Domestique chez Montaigne.*
597. John Keats : *Lettres à Fanny Brawne.*
598. Jean Métellus : *La famille Vortex.*
599. Thomas Mofolo : *Chaka.*

Ouvrage reproduit
par procédé photomécanique.
Impression CPI Firmin Didot
à Mesnil-sur-l'Estrée, le 2 février 2011.
Dépôt légal : février 2011.
1er dépôt légal : septembre 2004.
Numéro d'imprimeur : 103803.
ISBN 978-2-07-077246-9/Imprimé en France.

182378